Harry Mulisch
Die Elemente

Kleiner Roman

*Aus dem Niederländischen
von Martina den Hertog-Vogt*

Rowohlt

Veröffentlicht im Rowohlt Taschenbuch Verlag GmbH,
Reinbek bei Hamburg, Mai 1992
Titel der Originalausgabe: De Elementen
erschienen 1989 bei Uitgeverij De Bezige Bij, Amsterdam
Coypright © 1989 by Harry Mulisch, Amsterdam
Copyright für die deutsche Ausgabe
© 1989 by Carl Hanser Verlag München Wien
Umschlaggestaltung Barbara Hanke
Umschlagillustration Pierre Barraya / The Image Bank
Gesamtherstellung Clausen & Bosse, Leck
Printed in Germany
790-ISBN 3 499 13114 5

Denn mit Erde sehen wir Erde,
und Wasser mit Wasser,
mit Luft die strahlende Luft,
aber mit Feuer das vernichtende Feuer,
Liebe mit Liebe und Haß mit unheimlichem Haß.

Empedokles

ERDE

Nimm einmal folgendes an.

Gesetzt den Fall, du hast ein Jahr lang gearbeitet und machst nun Urlaub auf Kreta. Die Chance, daß es sich wirklich so verhält, ist klein, fast genauso klein wie die Chance, daß du Kreter bist. Wahrscheinlich sitzt du einfach zu Hause, irgendwo im Norden, unter der Leselampe, aber nehmen wir einmal an, daß du jetzt den Sommer auf Kreta verbringst und ein Mann bist. Keine Frau also – auch so eine Sache. Wir könnten uns natürlich darauf einigen, daß du eine Frau bist, ungeachtet dessen, ob du eine bist oder nicht, dagegen ist nichts zu sagen, eine Frau auf Lesbos zum Beispiel, aber das trifft nicht das, was wir wollen; die Tatsache, daß ich selbst überwiegend keine Frau bin, hat etwas damit zu tun. Die Welt besteht nun einmal aus zwei Teilen – darin liegt im übrigen auch ihr Reiz. Nein, du bist ein Mann aus den Niederlanden auf Kreta, und es ist ein Sommer am Ende des zwanzigsten Jahrhunderts. Das steht nun also fest.

Was du von Beruf bist? Nehmen wir an, Beamter, Jurist in irgendeinem Ministerium, zum Beispiel für Wasserwirtschaft. Das wäre doch etwas?

Beamte sind ewig: ein Beamter von heute unterscheidet sich in nichts von einem Beamten in Knossos vor viertausend Jahren. Oder widerstrebt es dir, eine verstaubte Trockenblume im Strauß der Macht zu sein? Vielleicht bist du es ja sogar. Gut, wir nehmen etwas anderes, Möglichkeiten gibt es genug – sogar unter den Beamten. Feuerwehrmann? Lache, oh, lach nicht. Feuerwehrleute sind, zusammen mit den Müllmännern, die Heiligen des Staates. (Sogar Straßenarbeiter pflastern noch das Proszenium des Todes, für Menschen, Katzen, Igel.) Aber es ist klar, was du meinst. Auch ich gönne dir, wie du dir auch, einen etwas freieren Platz in der Gesellschaft. Kein Bauer oder Arbeiter also, auch kein Kaufmann und kein Arbeitsloser, sondern etwas Luftigeres und Flüchtigeres: etwas in den Medien vielleicht, beim Rundfunk, beim Fernsehen. Was würdest du halten von der Werbung? Dem *Marketing*? Das ist schon fast gar nichts mehr, schon fast aller Schwere des menschlichen Daseins enthoben. Gut, einigen wir uns auf diese Sphären, sonst kommen wir nie zu einer Entscheidung. Du gehörst nicht zu den wenigen Reichen in dieser Branche, deren Leben nur noch aus Angst und Luxus besteht, aber du bist erfolgreich. Dein Vater war Gerichtsvollzieher, ein gutmütiger Sonderling, der Ingenieur hatte werden wollen und auf dem Speicher bis tief in die Nacht hinein studierte und an seinen Erfindungen arbeitete (vielleicht auch, um deiner Mutter im Bett zu entgehen: so müde! Kopfschmerzen); er wollte, daß du deinerseits Ingenieur würdest, aber du flogst von der Schule und gingst nach Amsterdam. Nachdem du einige Jahre bei einer Zeitung gearbeitet hattest, zuerst als Korrektor, dann als Berichterstatter, entpupptest du dich bei einer jungen Werbeagentur als begabter Werbetexter; du stiegst auf zum *Creative Director,* und seit dem Ausscheiden der Gründer sitzt du in der Chefetage dieses schnell wachsenden Unternehmens, das einige der begehrtesten Werbeaufträge des Landes in der Schublade hat. Du beziehst dein hohes Gehalt mit der gehörigen Melancholie, die durch dein fröhliches, betriebsames Büro am Stadtrand von Amsterdam, voller hübscher Frauen und zynischer, etwas zu modisch gekleideter Männer mit Schnurrbärten, nicht wettgemacht wird.

Plötzlich sehe ich dich vor mir. Einen Schnurrbart hast du nicht, aber vielleicht solltest du dir einen wachsen lassen. Du hast etwas grobschlächtige, wüste Züge um deinen Mund, etwas Tierisches fast, was auf einem Irrtum beruhen muß, denn so bist du gar nicht. Manche Leute erschrekken, wenn sie dich zum ersten Mal sehen – du siehst, daß sie sich für einen Kampf rüsten; sobald sie dich aber etwas besser kennen, müssen sie über dein Gesicht eher lachen: und zwar, sobald sie deine Augen entdeckt haben. Die scheinen ständig herauszufallen vor Erstaunen, es ist, als ob du jeden

Augenblick alles für möglich hieltest. Ich glaube übrigens, daß du damit recht hast. Auf jeden Fall scheint mir das etwas zu sein, das dir in bestimmten Situationen einen Vorsprung gibt; während andere noch überrascht werden müssen, hast du es vielleicht schon vorhergesehen und bist schon weg. Nicht immer natürlich. Schließlich hat die Welt für jeden eine Überraschung parat, auf die er auch in seinen kühnsten Phantasien nicht vorbereitet war.

Apropos kühne Phantasien, du wolltest irgendwann einmal Schriftsteller werden. Das unterscheidet dich von einem Schriftsteller, denn der hat diesen Beruf nie ergreifen wollen: Er entpuppte sich als solcher. Derjenige, der es werden möchte, ist es offenbar nicht, auch wenn er ein noch so fleißiger Verbalisierer ist. Man muß nicht nur erzählen können, sondern auch etwas zu erzählen haben, und das hast du offensichtlich nicht. Da kann man nichts machen. Tröste dich mit dem schrecklichen Schicksal derjenigen, die etwas zu erzählen haben und es nicht können. (Schreiben ist eigentlich unmöglich: Es ist etwa so, als wollte man von einem Fotografen verlangen, mit Blitzlicht ein Bild von seinem eigenen Schatten zu machen.) Du hast dich damit abgefunden, daß du die Welt nie in Staunen versetzen wirst. Macht nichts, du hast deine Ambitionen übrigens schon fast vergessen; heute bist du der Meinung, daß der niederländische Volkscharakter sich nicht für die große Literatur eignet, sondern eher für depressive Biedermeiergeschichten über den Alltag frustrierter Figuren, grau wie die holländische Luft, der holländische Regen und der holländische Asphalt, reine Dialoggeschichten, denn das geht schön schnell, geschrieben von grauen Novembermenschen, wie man das hier nennt. Du selbst bist im Juli geboren, dein Leben steht im Zeichen des Sommers; deinen Geburtstag hast du fast nie zu Hause unter den Wolken gefeiert.

Aber diese ganze holländische Welt von Kaufleuten und Menschen im Dienstleistungsbereich, Schriftstellern, Bauern, Arbeitern, Gerichtsvollziehern, Industriellen, Ärzten, Bankiers, Politikern und was es sonst noch alles gibt – das alles umgeben und fest entschlossen verteidigt von der unbesiegbaren königlichen Streitmacht zu Land, zu Wasser und in der Luft, mit ihrer unerreichten Feuerkraft – dieses gesamte komplizierte Gebilde dort oben im Norden hast du nun zurückgelassen, und vor kurzem bist du hier auf dieser archaischen Insel vierzig geworden: das Alter, in dem, wie man sagt, das Leben erst anfängt.

Jeden Tag, wenn du morgens die Fensterläden öffnest, steht dort wieder die makellos blaue Glocke über diesem grünen Tableau mit den Weinbergen, das, umfaßt von kahlen, felsigen Hügeln, zum Bersten gefüllt ist mit Licht. Die Palmenallee des benachbarten Hotels zum Nebengebäude am Strand, die Apfelsinenbäume, die Zypressen, der Eukalyptus und all die anderen Bäume, deren Namen du nicht kennst und auch nicht zu kennen brauchst, denn die Namen sind nicht Teil der Bäume. (Vielleicht sind in Griechenland die Bäume Teil der Namen.) Die Welt! Du gehst in den Garten und holst tief Luft. Welt! Leben! Du hörst die Dompfaffen und Lerchen, die Grillen, die Bienen, du siehst Schmetterlinge wie fliegende Blumen zwischen den Oleanderbüschen und Orchideen, Libellen, die wie Hubschrauber in der Luft stehenbleiben und dann schnurgerade weiterfliegen, und hinter den Pinien hängt das zarte Rauschen, mit dem das Meer den Strand streichelt. Landeinwärts zittern die Berge mit den Olivenbäumen und trockenen Gräsern bereits regungslos in der Sonne und senden aus ihrer Hitze einen süßen Duft von Kräutern zu dir aus, die du ebenfalls nicht beim Namen nennen kannst, aber es sind Thymian und Majoran.

Was willst du mehr? Der breite, weiße Bungalow, auf den die vorbeigehenden Hotelgäste sich gegenseitig aufmerksam machen, könnte dir gehören, aber das ist nicht der Fall. Du bist Sporttaucher und hast keine Lust, jeden Urlaub am selben Ort verbringen zu müssen – genausowenig wie der Besitzer übrigens: ein Direktor der amerikanischen Agentur, die die Mehrheitsbeteiligung an deiner Firma hat. Er ist griechischer Herkunft, und vor einigen Monaten hat er dir in New York Bilder von seinem Haus auf Kreta gezeigt; als du deine Bewunderung äußertest, ließ er die Schlüssel hinter das Stecktuch in deine Brusttasche gleiten und schlug dir auf die Schulter, ohne etwas von Miete hören zu wollen. Er selbst verbrachte seinen Urlaub in diesem Jahr auf Aruba, um zu spielen.

Es ist August. Tag für Tag ist alles wie geträumt in diesem durchgearbeiteten, zusammengefaßten, abgerundeten Raum um dich herum; die Tage kommen dir vor wie Wochen und die Wochen wie Tage, und du hast das Gefühl, als ob es nie anders gewesen wäre und auch immer so bleiben würde: Nie mehr Besprechungen, Geschäftsreisen, den ersten Whisky um elf Uhr vormittags, Mittagessen mit Auftraggebern, eine Flasche Bordeaux pro Mann, durch gemauerte, geklinkerte Gänge gehen, die tot sind wie die Sonntage deiner Jugend, sich Entwürfe ansehen, Fotos, aus dem Fenster schauen, zum Landstreicher in der Grünanlage gegenüber, er ist unter Decken verschwunden und umgeben von Plastiktüten mit seinen Habseligkeiten, hat langes, dünnes Haar, Armbänder, grellrot lackierte Fingernägel und ein feines Lächeln, das ihm den Namen »Erasmus« eingebracht hat: es ist das Lächeln auf dem runden Gemälde von Holbein in Basel.

Erasmus! Der hat nun wirklich nichts mit dem Experiment zu tun, das wir beide hier zu dritt unternehmen.

Es ist an der Zeit, etwas genauer zu werden. Wir vereinbaren, daß du nicht alleine bist. Sieh mal an, wer da aus dem Haus kommt und auf die Terrasse geht: deine Frau und deine zwei Kinder. Ein Junge und ein Mädchen, neun und elf Jahre alt – die ideale Familie! Nun? Was meinst du? Und wie gut ihr alle ausseht. Hübsch, schlank, sportlich, deine Frau die angemessenen sieben Jahre jünger als du, denn Frauen sind von Natur aus erwachsener als Männer. Wie du mit deinen vierzig Jahren dich immer noch nicht zwischen Junge und Mann entscheiden kannst, so schwankt sie zwischen Mädchen und Frau, genau wie deine Tochter, die zwischen Kind und Mädchen schwankt. Von euch vieren ist dein kleiner Sohn vielleicht der einzige, der im Gleichgewicht ist.

»Gehen wir?«

Jeden Morgen fahrt ihr in einem gemieteten Jeep

nach Ajíos Nikólaos, um Einkäufe zu machen. Während deine Frau und deine Tochter in den belebten Straßen der kleinen Stadt verschwinden, liest du in einem Straßencafé an der Kirche eine holländische Zeitung von vor drei Tagen, in der es, wie immer, fast ausschließlich um Geld geht. Wenn ein Niederländer mit seiner eigenen Hinrichtung etwas verdienen könnte, denkst du, würde er es tun. (Schöner Satz. Vielleicht etwas für eine Investmentgesellschaft?) Dein Sohn schreibt Ansichtskarten an Freunde, und kurze Zeit später geht ihr langsam zurück zum Auto.

Noch weniger als dir entgehen deiner Frau die Blicke, die auf euch geworfen werden. Ihr tragt die richtige Kleidung, im Stil und in den Farben der Saison (lila, pink und grellgrün dieses Jahr), die richtigen Taschen, die richtigen Frisuren – alles ist genau richtig und deswegen eigentlich überhaupt nicht richtig. Niemand weiß besser als du, daß die Mode zweimal lächerlich ist: Am Anfang und am Ende; daß dazwischen Zurückhaltung geübt werden sollte, weißt du auch, aber du tust es nicht, aus Mangel an Selbstbeherrschung. Laß uns die Mutter Regina nennen, denn diesem Namen sieht sie am ähnlichsten. Auf langen Beinen und mit streichholzkurzem, blondiertem Haar geht sie auf ihren Stöckelschuhen durch die Menge, eine Idee zu ordinär mit ihren Halsketten, Ohrringen und Ringen, aber gerade das ist es, was dich an ihr gereizt hat. Mit der

Tatsache, daß sie ständig gemustert wird, hat sie keine Probleme, denn das ist früher ihr Beruf gewesen. Die Griechen scheint sie kaum zu sehen; und die halbnackten, in fliegenden Containern aus germanischen Gefilden importierten Barbaren sind keine Partie für sie, mit ihren verbrannten Rücken, gehäuteten Stellen, Schwimmringen, Macken, Flekken, Pickeln, Krampfadern. Ein Problem entsteht erst, wenn die Rollen vertauscht werden und sie schauen muß.

Wie das eine Mal, als im Hafen wieder so eine Segelyacht vor Anker lag, die tatsächlich aus einer anderen Welt zu kommen schien: schmal wie eine Messerschneide, aus glänzendem, honigfarbenem Holz, die Messingbeschläge glänzend, die drei Masten höher als die Häuser am Kai, die makellos weißen Taue aufgehängt in unergründlichen Schlaufen, aus denen zweitausend Jahre maritime Tradition sprachen; auf dem Achterdeck ein runder Tisch, darauf ein Kühler mit einer Flasche Champagner und ein viel zu großer Strauß roter Rosen. Die englische Flagge. Ein wenig unbehaglich standet ihr zwischen den Griechen und den fotografierenden Ausländern, Auge in Auge mit einem Unterschied, den sich in den Niederlanden keiner mehr so richtig zu zeigen traut. Aus der Kajüte kam eine Frau an Deck, die zehn Jahre älter war, als sie wahrscheinlich für wünschenswert hielt. Natürlich wollte sie sich zeigen, aber obwohl sie auf dem Kai alles augenblicklich übersehen hatte, war es, als ob sie niemanden sah, aber nach jemandem Ausschau hielt. Wo war er? Wo blieb er denn so lange mit dem Kaviar? Aber dann konnte sie den Blick über die Köpfe hinweg nicht mehr durchhalten, die Verlokkung war zu groß, die Kosten für das Boot mußten psychisch zurückverdient werden, und ihr gleichgültiger Blick traf genau den von Regina. Katastrophe! Mord! Du hättest ihr sagen wollen, daß dieses Miststück nun hoffnungslos enttarnt war, aber ihr sprecht eigentlich nicht mehr miteinander. Ihr sagt natürlich ab und zu noch etwas zueinander, zum Beispiel »Gehen wir«, aber ein Gespräch kommt nur noch selten zustande.

Mittags, am vollen Strand, der links und rechts begrenzt ist von gelben, aus dem Meer ragenden Felsen voller Höhlen und Grotten, sitzt ihr auf dem Areal, das vom Hotel genutzt wird. Versehen mit den richtigen Badetüchern und den richtigen Zeitschriften, liegt ihr immer in denselben Liegestühlen neben einem großen, ausgebleichten Wurzelstrunk, der irgendwann einmal auf den Strand geworfen worden ist, vielleicht von einem Gott: ein ratlos in sich verdrehtes Relikt, das sich bestens dazu eignet, um Badehosen, Handtücher, Taschen und Kameras daran aufzuhängen. Auf dem niedrigen kleinen Tisch unter dem Sonnenschirm steht ein Kühler mit einer Flasche Retsina, an der Flutlinie liegen deine Surfbretter und das Segel. Manchmal fragst du dich, wie sportlich du eigentlich bist. Es geht dir nicht darum, deinen Körper in Form zu halten, denn Körper sind nun einmal in Form oder sie sind es nicht (wer etwas tut, um in Form zu bleiben, ist nicht in Form), sondern um das entspannende Hantieren mit der Apparatur, an der immer etwas zu machen ist, und um dann und wann allein zu sein. Aber vielleicht willst du lediglich allein sein, weil du es schon bist, so daß du sagen kannst, daß du es willst; es gibt ja schließlich auch Menschen, die sagen, daß sie sterben möchten, wenn sie spüren, daß es zu Ende geht.

Auch während des Sonnenbadens trägt Regina ihren Schmuck, auf den sie aus den Augenwinkeln manchmal einen Blick wirft. Ihre Finger- und Zehennägel sind im selben frivolen Rot angemalt wie ihre Lippen. Ins Meer geht sie selten. Jede halbe Stunde richtet sie sich auf, öffnet eine Flasche Sonnenöl und ölt sich ganz ein, wobei ihre schmalen Hände über ihre glänzenden, rasierten Beine gleiten. Sie ist zu braun. Ihre Farbe verrät ihre Anstrengung, und die darf nie am Resultat ablesbar sein (so daß du also verstehst, mit welcher souveränen Lässigkeit ich diese Zeilen auf das Papier werfe). Auf der Innenseite ihrer Oberschenkel beginnen einige Venen violett zu schimmern, aber der Fairneß halber muß auch gesagt werden, daß dein Haar in letzter Zeit ziemlich schütter wird. Sie zündet sich eine Zigarette an und lehnt sich wieder zurück. Ab und zu wirfst du einen Blick auf ihren zusammengekniffenen Mund. Sie hat ihre Handflächen nach oben gedreht, damit auch die Innenseite ihrer Unterarme braun wird. Nirgendwo ist Haut so makellos wie dort, und vielleicht ist es ihre Haut, die es dir noch am meisten angetan hat. Glaube einem Dermatologen, daß die menschliche Haut ebensoviele Variationen kennt wie andere Gewebe: Leinen, Baumwolle, Batist, Seide, Samt, Nesseltuch,

Plüsch, sogar Jute und Filz kommen vor; du hast alle schon einmal erlebt im Bett. Die Haut von Regina ist aus Kaschmir und so weich, daß du nicht weißt, ob du sie schon spürst oder noch nicht. Aber eigentlich hast du nichts mehr davon.

»Der ist gut«, sagt dein Sohn und sieht von seinem Buch auf.

»Was ist gut?«

»Es gab hier einmal einen Priester, und der sagte: ›Alle Kreter lügen‹.«

»Und was ist damit?«

»Na, er war doch selber Kreter.«

»Ja, und?«

»Also log er, daß alle Kreter lügen: also sprach er die Wahrheit: also lügen alle Kreter.«

Du mußt auf einmal lachen und schaust in sein ernstes Gesicht.

»Da soll mal einer schlau draus werden.«

»Da kann man nicht schlau draus werden.«

Während er weiterliest, siehst du ihn an. Die roten Wangen wie aus Satin. Er hat die Lernbegierde deines Vaters, die dir auf so unangenehme Weise fehlt; aber er sollte nicht allzu vielversprechend werden, findest du, denn das führt zu nichts: Wo sind all die schlauen Köpfe, die du selber in der Schule erlebt hast? Du hast nie mehr etwas von ihnen gehört. Nein, wenn die Dinge so liegen, dann ist deine Tochter wesentlich vielversprechender, denn die interessiert sich für nichts Wichtiges. Mit dem Walkman auf dem Kopf liegt sie im Schatten des Sonnenschirms und nickt unablässig zum Rhythmus der Musik, von der auch du das leise Krachen hörst, die sie aber umfaßt wie ein tosendes All, von dem dann und wann ein gesummter Fetzen aus ihrem Mund entwischt.

»Verdammt, Regina«, sagst du, als sie mit geschlossenen Augen die Zigarettenkippe aus den Fingern fallen läßt, »gewöhn dir das doch mal ab.« Mit dem Fuß schiebst du Sand darüber, während du ihr am liebsten eine Ohrfeige geben würdest.

»Ida«, sagt Regina, »hol mal an der Bar ein paar Oliven«. Weil Ida sie nicht hört, streckt Regina ihr Bein aus (so daß du kurz die Schlucht zwischen ihren Beinen siehst) und schubst Idas Knie mit einem Zeh an. Irritiert sieht Ida zuerst zu ihrem Knie und dann zu Regina, während sie den Kopfhörer von einem Ohr abhebt.

»Was ist?«

»Hol mal ein paar Oliven.«

»Ich mag keine Oliven.«

»Aber ich.«

»Hol sie dir gefälligst selber, blöde Kuh«, sagt Ida, setzt den Kopfhörer wieder aufs Ohr und schließt die Augen.

»Ida!« sagst du mit erhobener Stimme, aber ohne die Augen zu öffnen nickt sie nur kurz als Zeichen, daß auch du sie mal gern haben kannst.

Du hättest es nicht zu wagen brauchen, so mit

deinen Eltern zu reden. Ja, du widmest dem Verfall der modernen Jugend einen Gedanken – wirst du alt? Jede Generation hat so über die nächste gedacht; da es bereits bei den griechischen Schriftstellern nachzulesen ist, kannst du von jedem zu hören bekommen, daß das eine senile Sinnestäuschung ist. Aber wenn all diese Generationen nun recht hätten? Ist es ausgeschlossen, daß die Qualität der Menschheit mit dem unaufhörlichen Abzug der Götter tatsächlich ständig abgenommen hat?

Am Nachmittag, wenn etwas Wind aufkommt, fädelst du deine bunte Schwimmweste um die Hüften, ziehst dir die Surfschuhe an und gleitest vom Kindergeschrei in der Brandung schräg hinaus. Geschickt manövrierst du durch die verankerten Vergnügungsboote – und hängend am Giek, zwischen der Tiefe des Wassers und der Höhe des Himmels, wirst du eins mit dem Brett und dem Segel. Die Küste weicht zurück, wird breiter, in der Ferne liegt Ajíos Nikólaos, die Berge im Landesinneren werden blauer – und wenn du nun vielleicht nicht umkehren würdest? Weiterfahren würdest in den Mittelpunkt einer Scheibe aus blauem Wasser und einer Halbkugel des stahlblauen Himmels, wo die Sonne durchschmilzt wie ein Schneidbrenner – schließlich verlorengehen würdest in Tinte und Sternenhimmel?

Am Abend, nachdem du, ein Glas Whisky in der freien Hand, den Garten gegossen hast, eßt ihr meistens zu Hause auf der Terrasse; oder, wenn Regina das möchte, im Hotel mit seinen drei Restaurants, Schwimmbädern, Saunen, Läden und Discos. Aber an deinem Geburtstag hast du in einem Reiseführer eine abgelegene Taverne herausgesucht, wo nur wenig Touristen sein würden. Dort hat dich ein Geschenk erwartet.

In einem sauberen Hemd und einer langen Hose fuhrst du mit deiner Familie in die Hügel, fuhrst über schmale steinige Straßen, an verfallenen Kapellen mit der Heiligen Jungfrau vorbei, wirbeltest Staubwolken auf und wichst den Bauern aus, die gegrätscht auf ihren Eseln saßen und meckernde Ziegen hinter sich her zogen – bis plötzlich am Rande eines Dorfes ein Gasthof auftauchte mit groben Holztischen und geraden Stühlen und mit einer Aussicht auf das Meer, die von einer derart übernatürlichen Schönheit war, daß du vergaßt, aus dem Jeep zu steigen.

Ich werde es dir erklären. Das Übernatürliche kam dadurch in die Welt, daß das Meer, das nie ruhig ist, in dieser Höhe reglos und geräuschlos geworden war – ein schweigendes, unbewegliches Ding, das in die gleiche tiefe Vergangenheit versunken schien wie die ganze Insel. Die Vergangenheit, auch deine, ist nun einmal still und regungslos, wie Metall. Sie ist das Blei, das du aus Deutschland kennst. Vor langer Zeit hast du dort einmal mit einer Kölner Freundin Silvester gefeiert; in einem schwarzen, eisernen Topf wurde ein Stück Bleirohr geschmolzen, und auch du solltest mit einem Löffel vorsichtig ein wenig von der traurig dampfenden Flüssigkeit mit der grauen Haut abschöpfen und in eine Schüssel mit Wasser gießen: Mit einem kurzen Zischen verwandelte sie sich in ein hartes, glänzendes Gerinnsel, in dem deine Freundin eine Tänzerin sah, du aber einen Tintenfisch. Und die Zukunft? Die ähnelt eher dem heißen Fluidum über dem Feuer: Unablässig stehst du in jedem Moment dazwischen, auf der Grenze zwischen Blei und Blei.

Du sahst dich um und begegnetest dem Lächeln einiger alter Männer in Schwarz, die an ihrem Ouzo nippten; ihre Gesichter schienen aus zerknülltem, altem Papier gemacht zu sein, aus dem Papierkorb gefischt und wieder glattgestrichen. Dein Sohn war schon wieder in der Lektüre eines Buches über die griechische Mythologie vertieft, die anderen beiden waren offenbar in die Küche gegangen, um zu sehen, wie das Essen aussieht. Du wandtest dich noch einmal dem zu, was du sahst und zugleich nicht sahst, und mit dem du alleine warst; dann setztest du dich an den Tisch und bestelltest eine Karaffe *Kókkino* und zwei Coca-Cola.

Deine etwas pathetische Stimmung blieb. Es war ein lang vergessenes Gefühl der unendlichen und unergründlichen Möglichkeiten, die in der Welt wie Goldadern verborgen lagen. Als Kind hast du darin gelebt wie deine eigenen Kinder jetzt: in einer Welt, in der eine zweite, ewige Welt verborgen liegt – aber nicht wie zwei Welten, wie *eine* selbstverständliche Welt, zugleich vorübergehend und ewig, die sich erst spaltet, wenn die ewige verblaßt und in Vergessenheit gerät. Aber vernichtet ist sie nicht, manchmal zeigt sie sich kurz wieder, wie jetzt, in diesem Panorama, oder in einem Kunstwerk, oder in der Liebe zu jemandem.

»Ist etwas, Papa?«

Was war dir anzusehen? Warum fragte sie das? Nun saßen alle am Tisch, aber du konntest mit keinem darüber reden. Wenn du es vielleicht auch in Worte hättest fassen können, so war das Weite in deinen Kindern zu nah, sie hätten dich ebenso wenig verstanden, wie wenn du zu ihnen gesagt hättest, daß sie atmen, oder daß ihr Herz klopft. Du sahst Ida und fühltest dich feierlich hochgehoben und in etwas anderes verschoben.

»Nichts«, sagtest du.

»Dir geht's doch gut?« informierte sich Regina jetzt.

»Mir ging es selten besser.«

»Fein.«

Und kurz darauf warst du wieder der einzige, der es sah. Während du ein Stück Schwarzbrot in das Olivenöl tunken wolltest, stockte deine Bewegung. Wie ein ovaler Tropfen berührte die Sonne das Meer, während sich an ihrer Oberseite gleichzeitig eine breite Tülle bildete, wie bei einem Goldfischglas. Kurz darauf richtete sie unter dem Horizont ein schreckliches Feuermeer an, von dem sich die Glut über den halben Himmel verteilte: Darin erschien wenig später ein heller Stern, scharf wie der Stich einer Nadel.

»Schau, der Abendstern«, sagtest du.

Dein Sohn warf einen kurzen Blick darauf.

»Das ist der Merkur.« Er zeigte auf einen anderen, strahlenderen Stern, etwas höher im sich nun schnell violett verfärbenden Himmel. »Das da ist der Abendstern. Venus. Ist übrigens gar kein Stern, sondern ein Planet.«

Kalamarákia. Die Kinder wollten natürlich wieder *Psitó Kotópoulo. Ksifías. Kokorétsi.* Der Abend löschte das Panorama; eine dreiviertel Stunde lang habt ihr einfach auf einer beleuchteten Terrasse gegessen, in einer zusammengeschrumpften Welt, umgeben von den harten, weißen Klängen der griechischen Sprache, deine Tochter warf das Salz um, dein Sohn zerbrach ein Glas – bis, wie tiefrot glühendes Eisen in einer dunklen Schmiede, ein riesenhafter Mond über dem Bergkamm aufging. Schnell abkühlend, beim Kaffee, machte er aus dem Meer wieder Quecksilber.

»Jupiter«, sagte dein Sohn und zeigte lässig auf eine hell strahlende Erscheinung im Kielwasser des Mondes.

»Woher weißt du das?« fragte Regina.

»Ist doch ganz einfach. Sterne flackern, aber Planeten nicht. Merkur und Venus stehen näher zur Sonne, der Mars ist erheblich schwächer und rötlich, und die anderen kann man mit dem bloßen Auge nicht sehen. Also muß es Jupiter sein.«

Auch jetzt haben Regina und du kaum miteinander gesprochen, nur mit den Kindern, als ob sie den Platz eingenommen hätten von dem, was doch irgendwann zwischen euch existiert haben muß, als es die hellblonde, blauäugige Ida und den hellblonden, blauäugigen Dick (du gehörst zu den Familien, in denen die Männer ihre Söhne in ewiger Wiederkehr von Jr. und Sr. nach sich und ihren Vätern nennen) noch nicht gab: Sie haben sich auf eure Kosten verwirklicht, sie verkörpern eure Liebe, und damit haben sie sie von euch entfremdet und euch ausgeraubt zurückgelassen, diese Strolche.

Besuchen Sie Kreta! Nirgendwo finden Sie so eine einzigartige Kombination von überwältigender Schönheit der Landschaft, beeindruckender Reste uralter Kultur und behaglicher Ruhe!

Knossos! Schon auf dem Parkplatz ist es so voll und heiß wie am Eingang zur Hölle. Regina und Ida wollen sofort weg, und du eigentlich auch, aber für Dick kommt das überhaupt nicht in Frage. Zwischen Dutzenden chaotisch geparkter Busse, deren Motoren der Klimaanlagen wegen ständig laufen, ziehen die Touristen in alle Richtungen und durch die Auspuffgase hinter ihren Fremdenführern her, die ein Schild hochhalten, oder einen Sonnenschirm oder einen Schal. Dicke Fahrer mit Schnurrbärten, die ihre Fahrzeuge aus dem Knäuel freizubekommen versuchen, hängen aus dem Fenster und schreien sich gegenseitig über die Köpfe ängstlich aufschauender und ausweichender Menschen an, die versuchen, sich zwischen dem zitternden Blech hindurch einen Weg zu bahnen, während zwischen Mimosen und Bougainvillea unablässig neue Busse herangefahren kommen, hupend mit einem Lärm, der bis nach Ägypten zu hören ist. Als ihr aber an den vollen Straßencafés, den Souvenirläden und

Straßenverkäufern vorbei zum Eingang der Ausgrabungen geht, hörst du in der Krone einer abseits stehenden Zeder den Gesang von Myriaden von Vögeln, vielleicht die Seelen derer, die hier schon vor Tausenden von Jahren in der Palastanlage lebten – die des Königs Minos, wie du von Dick lernst. Mit deinem Arm um seine Schultern läuft er phlegmatisch neben dir her, ohne von seinem Buch aufzusehen, als ob sich darin die Wahrheit befände und nicht um ihn herum.

Im Gedränge am Schalter, du hast die Drachmen bereits in der Hand, stellst du dich auf die Zehenspitzen und schaust dich um, aber Regina und Ida sind nirgendwo zu sehen. Gut, dann nicht. In der Ecke eines großen Vorplatzes ist der Eingang, und dann irrst du mit deinem Sohn eine ganze Stunde lang durch das brechend volle Labyrinth Hunderter von Zimmern, Sälen, Treppen, Gängen, Hallen, Magazinen, Krypten, dann wieder durch dämmerige Räume, dann wieder draußen zwischen Ruinen, und wirst plötzlich von der Sonne besprungen wie von einem Stier. Auch sonst überall viele Stiere. Balustraden und Kronleisten aus stilisierten Stierhörnern; ein mannshohes Stierhorn – »rekonstruiertes Kulthorn«, hörst du eine deutsche Fremdenführerin sagen –, vor dem ein Japaner eine Gruppe fotografierender Japaner fotografiert; hinter drei rot gestrichenen Holzsäulen, auf einem restaurierten Fresco, stürzt sich ein Stier auf einen Olivenbaum;

an einer anderen Stelle springt ein Akrobat mit einem Salto mortale auf den Rücken eines Stiers. In die Wände geritzte doppelte Äxte. Überall sind Säulen, die nach oben hin breiter werden anstatt umgekehrt, so daß es dir vorkommt, als ob alles auf dem Kopf stünde, der Himmel die Erde stützt, das Höhere schwerer ist als das Niedrigere. Was war das für ein Volk, das so baute? In dieser umgekehrten Welt voller Menschen, die auf der Decke zu gehen scheinen, hörst du Dick zu, der zwar zeitlich nach dir kommt, aber aus dessen Mund du nun Dinge aus der Urzeit erfährst.

Eigentlich ist es eine Schande, daß du nicht schon lange weißt, was er schon jetzt mit seinen neun Jahren weiß. Natürlich, dein Vater hat dich nicht nach Kreta mitgenommen, so war das damals noch nicht, weiter als bis zu den Ardennen bist du nicht gekommen; aber auch wenn er dich mitgenommen hätte, hättest du nicht ihm, sondern er dir erzählt, was du nun von deinem Sohn erfährst. Schämst du dich nicht? Du bist ein zivilisierter Mensch, duschst jeden Morgen, und wenn du auf der Toilette warst, wäscht du dir die Hände, du ziehst jeden Tag ein sauberes Hemd, saubere Unterwäsche und saubere Socken an, nie trägst du zwei Tage hintereinander denselben Anzug oder dieselben Schuhe. Aber studieren – das nicht. Ehrlich gesagt nimmt es mir eigentlich die Lust, dir zu erzählen, was Dick dir alles vorliest über Poseidon und Minos und Pasiphaë und Daedalus und das Labyrinth, das sich hier an dieser Stelle befunden haben soll.

Du wirst also abgelenkt durch all die schweigenden Gruppen, die sich um eine Stimme in ihrer Mitte geschart haben, die in der einen oder anderen Sprache erzählt, daß der alte Palast, der vor vierzig Jahrhunderten erbaut wurde, vor siebenunddreißig Jahrhunderten durch ein Erdbeben zerstört worden ist, und der neue, von dem wir hier die Reste sehen, zweihundertfünfzig Jahre später durch einen Vulkanausbruch, ein Feuer und eine Flutwelle – und daß Echnaton damals weder seine Hymne an die Sonne geschrieben hatte, noch Moses seine Zehn Gebote: als das geschah, in einer fernen Zukunft, war Knossos schon längst von der Erde verschluckt und hatte sich in einen grünen Hügel verwandelt, aus dem es erst gut dreitausend Jahre später von Sir Arthur Evans auf dessen eigene Kosten befreit werden sollte.

Auch hier hören die meisten nicht zu, sondern setzen schwitzend eine Flasche Mineralwasser an die Lippen, warten und gehen weiter, ohne sich umzusehen, wenn der Fremdenführer seinen Sonnenschirm hebt. Und doch sind sie hier – warum liegen sie nicht am Strand? Dürstet die Menschheit vielleicht nicht nur nach Wasser, sondern auch nach der Vergangenheit, weil die Sicht auf die Zukunft verstellt ist? Aber du hast es gehört, und es hat dich schockiert. Daß eine Kultur durch eine andere oder durch inneren Zerfall vernichtet wird, das ist nun einmal die Geschichte. Aber durch einen dummen Zufall? Weil sich tief im Erdinneren zwei Schollen übereinander schieben, oder weil sich das Feuer auf einmal einen Weg nach draußen bahnt? Weil etwas zufällig an einem Platz ist, an dem auch etwas anderes geschieht?

»Meinst du, daß das wirklich passiert ist, Papa?«
»Was?«
»Das mit Daedalus?«
Eine ernste Frage. Aber du kannst natürlich schlecht eingestehen, daß du ihm nicht zugehört hast, so daß du jetzt doppelt genau antworten mußt. Vielleicht hat die griechische Mythologie die Erinnerung an die minoische Geschichte in sich aufgehoben: verformt, märchenhaft verändert, wie dieser Palast im Labyrinth, auf die gleiche Weise, auf die die früheste Kindheit in wunderlichen Träumen zurückkehrt – aber alles auf die eine oder andere Weise wirklich passiert.
Ich werde es dir einflüstern:
»Vielleicht solltest du das so sehen, daß es noch immer passiert.«
»Das verstehe ich nicht.«
»Ich auch nicht ganz, ehrlich gesagt.«
Oder vielleicht ist es noch wirklicher. Vielleicht ist der neue Palast, dieses Labyrinth hier, nach dem Grundriß des alten erbaut worden, der kein Palast war, sondern wirklich das daedalische Labyrinth –

oder vielleicht ging dieses Labyrinth dem noch voraus, zur Zeit von Cheops und Gilgamesch. Könntest du auf diesen Gedanken kommen? Vielleicht könntest du. Du weißt zwar nicht viel, aber du hast Ideen und Einfälle, du hast ja schließlich auch die umgekehrten Säulen bemerkt. Schau dich einmal mit den Augen dieser Theorie um. Nirgends ein feierlicher Eingang, wie es eines Priesterkönigs würdig wäre; nirgends die universellen Symmetrien der absoluten Macht, alles unregelmäßig, eng, asymmetrisch; der Alabasterthron steht, von einem Fresco zweier stilisierter Greifvögel flankiert, in einem Raum, der kleiner ist als dein Arbeitszimmer in Amsterdam. Die Treppe zum großen Innenhof, zu der du schließlich mit Dick kommst, wird durch eine absurde Säule in zwei Teile geteilt, so daß der König nie über die Mitte der Stufen schreiten konnte. In den Tagen des Labyrinthes stand dort vielleicht ein Türpfosten für die beiden Tore (aus Bronze mit einer Mittelstrebe), zwischen denen Theseus hineingegangen ist, um den Minotaurus zu töten.

Ihr ruht euch im Schatten eines Mauerrestes aus, du läßt deine Augen über den vollen Platz schweifen und erzählst Dick von deinen archäologischen Vermutungen; aber da das nicht schwarz auf weiß geschrieben steht, macht es auf ihn nur wenig Eindruck. Als du schweigst, fragt er:

»Wo wohl Ida und Mama sind?«

»Die sitzen irgendwo beim Auto mit einer Flasche Wasser unter einem Baum und schauen auf die Uhr.«

Du mußt kurz lachen über diesen Vollsatz. Zwischen den vorbeiströmenden Kolonnen aus allen Teilen der Welt läßt sich ein arabischer Würdenträger alles von einem Privatführer zeigen, aber wenn der Finger ausgestreckt wird, nickt er nur, ohne hinzusehen. Ein weißhaariges Ehepaar mit Bergschuhen, Arm in Arm und auch ihre Finger fest ineinander verschlungen, überquert mit resolutem Schritt den Platz.

»Ihr werdet euch doch nicht scheiden lassen?«

Aufgeschreckt siehst du Dick an. Das Buch liegt zugeschlagen auf seinem Schoß, mit seinem Daumen streicht er die kleinen Fältchen im Rand des Stoffumschlages glatt. Er erwidert deinen Blick nicht.

»Wie kommst du darauf?«

»Weiß nicht.«

Menschheit, Geschichte ... aber es ist, als ob du nun auf einmal Auge in Auge mit der realen Wirklichkeit stehst: Das kleine Universum von euch vieren. Im selben Maße, in dem die Welt wichtiger ist als ihr, seid ihr wichtiger als die Welt.

»Sprecht ihr darüber, Ida und du?«

Er zuckt mit den Achseln und schweigt. Ganz durcheinander legst du deinen Arm um ihn.

»Nein, Dick, das werden wir nicht. Wir bleiben immer zusammen.«

Ja? Erschüttert schaust du über die Ruinen und weißt nicht, was du sagen sollst. Es ist, als ob die Szenerie zurückweicht, zerbröckelt, als ob auch alle Geräusche leiser werden und verschwinden, so daß nur ihr beiden noch dort sitzt, im Schatten der Steine, vor Tausenden von Jahren dort aufgeschichtet von warmen, lebendigen Händen. Langsam drehend fällt eine blaugraue Feder aus dem Himmel und legt sich vor eure Füße, aber der Vogel muß schon längst vorbei sein. Der Himmel ist leer.

Du willst es genauer wissen. In der letzten Woche deines Urlaubs fährst du mit Ida zum Diktigebirge – auf schmalen Straßen, eingekeilt zwischen Autobussen, vorbei an krampfhaft verkrümmten Olivenbäumen, schräg aus der Erde hochgetriebenen Formationen, wüsten Schluchten, die vollgekippt sind mit Schatten, und dann plötzlich über eine weite, grüne Hochebene mit Tausenden von mickrigen, sich langsam drehenden Windmühlen: eine Übermacht, vor der sogar Don Quijote die Flucht ergreifen würde.

Unterwegs, den warmen Wind in euren Haaren, versuchst du, mit ihr ins Gespräch zu kommen.

»Wie findest du es, daß du ab nächster Woche zum Athenäum gehst?«

»Schön.«

Du spürst, daß sie sich innerlich zur Wehr setzt, daß sie denkt: Da haben wir es, da kommt die Standpauke, darum sollte ich mit.

»Du wirst etwas Komisches feststellen. Letztes Jahr bist du endlich in die oberste Klasse gegangen, aber nun kommst du wieder in die unterste. Wenn du deine Prüfungen gemacht hast und studieren willst, mußt du erst wieder von vorne anfangen –

und so geht das immer weiter. Im Leben sitzt man immer wieder in der ersten Klasse. Angenommen, du möchtest Schriftstellerin werden.«

»Ih, ich will gar keine Schriftstellerin werden.«

»Okay, angenommen, Dick möchte Schriftsteller werden, was wird dann passieren? Vielleicht wird er der beste lebende Schriftsteller der Niederlande, das wäre schon eine große Leistung, aber dann säße er zugleich wieder in der ersten Klasse, mit toten Schriftstellern wie Multatuli und Couperus in den obersten Klassen der Schule. Wenn er auch in diese Klasse kommt, gehört er noch immer nicht zu den besten lebenden Schriftstellern der Welt. Aber angenommen, er schafft auch diese Klasse, dann geht er, in Hinblick auf große Schriftsteller wie Kafka und Dostojewski, wieder in die erste.«

»Aber dann hätte er es ja geschafft.«

»Das denkst nur du. Es ist wieder die erste Klasse, wenn man solche Giganten wie Shakespeare und Dante und Cervantes und Sophokles dazunimmt. Das ist dann wirklich die Prüfungsklasse. Die schafft man nie.«

»Ach, nein? Warum gibt es sie denn dann überhaupt? Was die können, kann Dick auch, wenn er erwachsen ist.«

Ich warte dein zärtliches Lächeln nicht einmal ab, es ist allzu peinlich, was du da auf der Hochebene von Lasíthi alles sagst; zum Glück wird das deiner Tochter nicht bewußt. Auf jeden Fall ist nun vollkommen klar, warum du kein Schriftsteller bist: als ob Dante, den du im übrigen nicht einmal gelesen hast, der größte Schriftsteller aller Zeiten hätte werden wollen. Er wollte Beatrice verewigen, und erst durch dieses Bestreben verewigte er entgegen seinen Absichten nicht sie, sondern sich selbst. Erfolg hat man, indem man versagt – darüber solltest du einmal nachdenken.

Noch höher, in Psichró, parkst du deinen Jeep; auch dieses Dorf hat sich wieder in einen internationalen Ort der Begegnung verwandelt. Das letzte Stück ist ein steiler, kurviger Bergpfad voller Löcher und Steine, aber eingehüllt in die süßen Düfte von Jasmin und Geißblatt. Du pflückst eine rote Blume, die du in das Knopfloch deines weißen Hemdes steckst. Ida sitzt auf einem Esel, der von einem Jungen ihres Alters getrieben wird, der Junge sieht lachend zu ihr auf und versucht, in gebrochenem Englisch ein Gespräch mit ihr zu führen. Sie selbst gibt amerikanische Töne von sich, die sie im Fernsehen aufgeschnappt hat. Du bleibst kurz stehen, machst ein Bild und steigst dann mühelos weiter bergan in der brennenden Sonne. Als dein Blick dem ihren begegnet, zeigst du nach oben. Hoch oben in der Luft beschreiben drei schwarze Greifvögel mit reglos ausgestreckten Flügeln langsame Kreise und Schleifen, als trieben sie auf einer unsichtbaren Oberfläche. Sie schaut hinauf und nickt dir lachend zu; du siehst, daß es ihr egal ist, sie lacht nur, um dir einen Gefallen zu tun. Wie der Eingang zur Nacht erscheint kurz darauf der Eingang der Höhle, in der Minos' Vater geboren wurde: Zeus.

Natürlich hatte Ida keine Lust, aber weil du mit ihr reden wolltest, hast du sie gezwungen mitzugehen – und zwar ohne Walkman. Die Möglichkeit, mit ihr allein sein zu können, ergab sich, weil Dick an diesem Vormittag stolperte, lesend natürlich, und mit der Stirn gegen eine Stufe der Terrasse schlug. Im Hotel wurde er von einem Arzt behandelt und fühlte sich schlecht; aber hinter seiner Stirn waren die Götter und Helden noch nicht so durcheinander geraten, daß er keine Informationen mehr hätte geben können. Es gebe zwei Zeushöhlen auf Kreta: eine im Berg Dikti, wo er geboren worden, und eine im Berg Ida, wo er aufgewachsen sei.

Mit einem großen Pflaster auf der Stirn sah Dick dich an.

»Dikti, Ida ... Ist das nun Zufall, Papa?«

»Was sollte es sonst sein. Wenn das kein Zufall ist ...«

Vielleicht ist es vor allem deine Unschuld, die ich so an dir mag.

Vorsichtig, Hand in Hand mit Ida, steigst du über den glattgeschliffenen Fels in die Erde hinab. Während ununterbrochen Blitzlicht den dunklen Raum erhellt – wodurch nachher auf den Bildern das Unsichtbare sichtbar geworden sein wird, und damit unsichtbar –, geht es bis in eine große Tiefe steil nach unten, während es immer feuchter und kälter wird; in der tiefen Dämmerung zeigen Stalaktiten drohend zum Mittelpunkt der Erde. Die Touristen lachen und rufen einander zu, aber auch das hilft nichts. Unten klettert ihr an totenstillen Seen mit schwarzem Wasser vorbei, das nichts reflektiert: die Rückseite von Spiegeln – vielleicht liegen tief in der Erde Gestalten, die sich darin spiegeln. Hoch oben, weit weg wie die Spitze eines Kirchturms, hängt das blendend blaue Licht des Eingangs, der Welt (wo die heiligen Esel mit gebeugten Köpfen im dünnen Schatten der Sträucher stehen, ihre Rücken in der stechenden Sonne), die etwas Unerreichbares bekommen hat, hier, in dieser grauen Tiefe voller sich bewegender Schatten. Du legst deinen Arm um Idas Schultern, vielleicht eher für dich selbst als für sie.

»Frierst du nicht?«

»Überhaupt nicht.«

Ganz unten in der Höhle gelangt ihr schließlich in eine Krypta, in der ein Kreter steht, der den Lichtkegel seiner Taschenlampe über etwas Unbegreifliches schweifen läßt, etwas wie Geträumtes, das voller Schatten ist, etwas in einer Nische, vielleicht ein Altar, auf jeden Fall etwas, wo der Obergott aus Rhea geboren wurde – heimlich, da Kronos, sein Vater, ihn aus politisch-dynastischen

Gründen vernichten wollte. Das Gesicht des Führers ist nicht auszumachen, nur seine ausgestreckte Hand, die auf Drachmen wartet. Sie stehen ihm zu, hier, an diesem heiligen Ort (entheiligt durch den Gekreuzigten), und du gibst sie ihm.

»Du wirst es vielleicht komisch finden«, sagst du, »aber ich habe hier das gleiche Gefühl wie damals, als ich sah, wie du geboren wurdest.«

»Wahnsinn«, sagt Ida, »warst du denn dabei? Das wußte ich gar nicht. Toll.«

»Und ich werde dir noch etwas viel Komischeres erzählen. Als ich deine Geburt sah, war es, als würde ich meine Mutter sehen.«

»Wie meinst du das? Die Oma?«

»Als ich dein Gesicht kommen sah, dachte ich: das ist ja meine Mutter.«

»Und als Dick geboren wurde, dachtest du da an Opa?«

»Nein, das denke ich erst in letzter Zeit.«

Ja, nun hast du also den Punkt erreicht, den du erreichen wolltest. Sie hat inzwischen verstanden, daß sie keine Standpauke wegen der Schule über sich ergehen zu lassen braucht, oder wegen der unmöglichen Art, mit der sie Regina behandelt, sondern daß es dir um etwas anderes geht. Vielleicht weiß sie auch schon, was es ist: vielleicht hat ihr Dick erzählt, daß er dich gefragt hat, ob ihr beide auseinander geht, und daß du das verneint hast. Vielleicht hat er es sogar in ihrem Auftrag getan. Auf jeden Fall möchtest du wissen, was sie davon hält, was sie darüber denkt – warum fragst du sie denn nicht? Es ist doch weiß Gott nicht so welterschütternd, das ewige Familiendrama; du kennst kaum jemanden, der nicht geschieden ist. Das Ganze ist juristisch und sozial geregelt und von Gelehrten und Philosophen, die ihrerseits ebenfalls geschieden sind, ethisch gerechtfertigt. Das ist also alles in Ordnung, auch wenn Kinder davon betroffen sind. Oder ist es doch welterschütternd? Ist es vielleicht so, daß auch das Welterschütternde nicht mehr welterschütternd ist? Du merkst, daß Trägheit dich lähmt. Vielleicht, denkst du, ist eigentlich nichts mehr von Bedeutung, vielleicht hat der Mensch die Schwelle zur Ära des großen Schulterzuckens überschritten, in der nur noch lustlos herumgelungert wird, bevor jemand eine Glocke läutet, das große Licht anmacht und die Rechnung präsentiert.

Plötzlich riechst du die Blume, die du mit in die Tiefe genommen hast – den übersüßen Duft ihrer befriedigten Doppelgeschlechtlichkeit. Du hältst sie dir an die Nase und sagst:

»Ich muß auf einmal an früher, an einen schmalen Gang denken, der zwischen unserem Haus und dem der Nachbarn war. Er war ungefähr einen Meter breit und durch ihn kletterte ich oft nach oben zur Dachrinne, mit meinen Füßen gegen die eine Wand und mit meinem Rücken gegen die andere. Stell dir vor, ich wäre gestürzt und gestorben. Dann hätte es euch nicht gegeben, nur die Mama. Dann hätte die Mama jemand anderen geheiratet, mit anderen Kindern.«

»Das gibt's doch nicht!« sagt Ida. »Sie liebt dich doch! Dann wäre sie jetzt nicht verheiratet. Man kann doch nicht...«

Sie stockt. Du kannst ihr Gesicht nicht sehen, aber wie eine Landschaft in der Nacht durch den Blitz erleuchtet wird, siehst du auf einmal das Arkadien, in dem diese Hirschkuh noch lebt. Oder hast du es nun damit zerstört? Gerührt gibst du ihr einen Kuß auf die Stirn und legst ihre Hand auf die Blume.

»Wollen wir zurückgehen?« fragt sie. »Ich friere jetzt doch.«

Du nickst.

»Gehen wir.«

Als ihr am vorletzten Tag eures Urlaubs morgens in Ajíos Nikólaos ankommt, hat sich die Atmosphäre in der Stadt völlig verändert. Überall sind Polizeibeamte in grünen Uniformen, auf Motorrollern fahren sie langsam durch die Straßen, auf dem Platz in der Nähe der Bank stehen vergitterte Polizeibusse – vielleicht die Verstärkung aus Iraklion. Du vermutest, daß eine militärische Übung im Gang ist (an der Ostspitze der Insel liegt ein NATO-Stützpunkt), aber im Hafen ist der Kai voller Touristen, die mit Ferngläsern über die blaue Bucht schauen und mit Teleobjektiven Bilder machen. Dort, in einem Kilometer Entfernung, wiederum bewacht von einem Polizeiboot, liegt eine große, weiße Motoryacht vor Anker. Sie liegt völlig ruhig an der Stelle, an der sie ankert, liegt in erhabener Ruhe in der Sonne und strahlt zugleich eine märchenhafte Bewegung aus: die von der unbekannten Herkunft zum unbekannten Ziel.

»Da sind sie«, sagst du zu Regina. »Die Besitzer der Erde.«

»Ist es wirklich nötig, daß wir hier stehenbleiben?«

Dieser Ton! Als ob du derjenige bist, der lieber

auf diesem Schiff als hier am Kai wäre. Ärgerlich drehst du dich um und gehst zum Kiosk, um deine Zeitung zu kaufen. Erst als du in deinem Straßencafé an der Kirche sitzt, merkst du, daß es dieselbe Ausgabe des Vortages ist: dieselben Berichte und Bilder, bereits völlig vergessen, starren dich aus einer Quelle der Langeweile an, überholter noch als die Geschichte von Knossos. Das hat dir gerade noch gefehlt. Du hast noch nicht bestellt und gehst wütend zurück zum Kiosk, wo nun eine merkwürdige Betriebsamkeit herrscht.

Sie macht den Eindruck eines Überfalls. Flankiert von zwei muskulösen Männern, die trotz der Hitze weite Jacken tragen und unablässig um sich blicken, sind zwei schlanke Frauen dabei, die Regale zu plündern. Eine ist dunkelblond, die andere schwarzhaarig, du siehst nur ihre Rücken: wie sie sich bücken, sich auf die Zehenspitzen stellen und Fortune, Vogue, Elle, Burda, Lei, Cosmopolitan, Marie Claire, Penthouse, aber auch die Herald Tribune, Le Monde, den Spiegel, das Wallstreet Journal, die Financial Times von den Stapeln nehmen oder aus den Wäscheklammern reißen und die Zeitschriften immer an einen dritten Mann weitergeben, während die alte Kioskdame, deren Gesicht du noch nie gesehen hast, ihren Kopf aus ihrem dunklen Mauseloch herausgestreckt hat und verdattert herauszufinden versucht, was da gerade passiert. Geduldig wartest du mit deiner alten Zeitung,

aber als die dunkelblonde Frau sich anschickt, auch die Schmalseite des Kiosk zu belagern, erkennst du sie.
»Hallo, Ingeborg.«
Sie sieht dich an.
»Dick! So ein Zufall!«
Sie ist die Frau eines deiner größten Kunden, der auf eine Million wöchentlich geschätzt wird, Inhaber eines pharmazeutischen Konzerns und einer unbekannten Anzahl weiterer Unternehmen, denn die Reichen sind immer noch reicher. Obwohl sie Anfang sechzig sein muß, sieht sie aus wie fünfundvierzig – vielleicht auch dank bestimmter Messer in Schweizer Kliniken. Mit harten, undurchdringlichen Gesichtern sehen auch die beiden Männer dich an: die Freundlichkeit ihres Schützlings ist für sie offensichtlich eine ungenügende Garantie.
»Was machst denn du in diesem Nest?« ruft sie, nachdem ihr euch auf die Wange geküßt habt (bzw. sie neben die deine in die Luft). »Das hier ist Bibi von Habsburg.«
Bibi, ebenfalls mit langem, offenem Haar, hat dieselbe Art von aggressiver Schönheit wie sie: alles in ihrem Gesicht ist etwas stärker ausgeprägt, vielleicht sogar etwas größer als bei den meisten Frauen. Als du Ingeborg erzählst, daß du gutbürgerlich mit deiner Familie hier den Urlaub verbringst, sagt sie »Brav« und lädt dich auf einen Drink an Bord ein, denn sie freut sich, mal wieder

ein anderes Gesicht zu sehen. Sie hakt sich bei dir ein, Bibi auf der anderen Seite auch, und ihr schlendert zu dem Straßencafé, die beiden Gorillas folgen in angemessenem Abstand. Nur für sehr genaue Beobachter sind sie von den Entführern zu unterscheiden, die Ingeborg vor einigen Jahren für vierzig Millionen Gulden drei Wochen lang in einer Lagerhalle festgehalten haben, wo sie an die Wand angekettet war. Der dritte Bedienstete rechnet am Kiosk ab.

Während ihr auf Regina und die Kinder wartet, erzählt Ingeborg, daß Job mit einigen Freunden seinen sechzigsten Geburtstag feiert. Vor drei Tagen hätten sie sich alle in Venedig getroffen, bei Cipriani, wo das Boot gelegen habe, es sei inzwischen von Cap d'Antibes aus um Italien herumgefahren. Übermorgen würden sie in Alexandrien anlegen, danach ginge es mit einigen Hubschraubern weiter nach Karnak, wo in den Ruinen des Amontempels eine Privataufführung der Aida arrangiert worden sei. Nach einer weiteren Nacht in Kairo, im Mena House, mit Aussicht auf die Cheopspyramide, werde Jobs Boeing jeden, der selbst kein Flugzeug besitze, nach Hause bringen.

»Es macht zwar alles keinen Sinn, aber er mag nun einmal gerne einen ausgeben, das weißt du. Hat er ja früher in der Schule nie gekonnt.«

Du nickst, denn du weißt es. Du kommst gut mit ihm aus – und das solltest du auch tunlichst. Einmal im Monat eßt ihr zusammen zu Mittag in einem exquisiten Amsterdamer Hotel, das ihm gehört, wo ihr die geplanten Werbekampagnen besprecht; nach den Whiskys, den Flaschen Corton Charlemagne und Romanée-Conti und dem Cognac begebt ihr euch meistens – begleitet von den Autos der Sicherheitsbeamten – in seinem kugelsicheren Chrysler zu einem geschlossenen Herren-Club, wo Job vornehmlich junge vietnamesische oder thailändische Mädchen bevorzugt, die wenig Ähnlichkeit mit Ingeborg haben. Du selbst (das muß ich dir lassen) läßt dir meistens jemanden offerieren, der deiner eigenen, nordischen Regina ähnlich sieht.

In der einen Hand eine bedruckte Plastiktüte mit Brot, Fleisch, Milch, Wein, Salat und in der anderen eine Zigarette kommt sie um die Ecke und zieht die Augenbrauen hoch, als sie dich zwischen den beiden beeindruckenden Frauen sitzen sieht. Sie hat Ingeborg einige Male flüchtig gesehen, aber sie begrüßen sich wie alte Freundinnen; Bibi nimmt dich für sich ein, indem sie sich auf deutsch bei Dick erkundigt, weshalb er ein Pflaster auf der Stirn hat.

»Ingeborg lädt uns ein, auf dem Schiff etwas zu trinken«, sagst du, und einigermaßen falsch fügst du hinzu: »Hast du Lust?«

»Eine tolle Idee!«

Als ihr aufsteht, siehst du, daß sie sich wegen ihrer Einkaufstasche geniert; du stopfst deine Zeitung hinein und nimmst ihr die Tasche ab. Ihr schlendert durch die belebte Ladenstraße zum Hafen, während Ingeborg erzählt, die Polizei habe geraten, lieber nicht an Land zu gehen, denn es schienen einige merkwürdige Typen in der Stadt herumzulungern; nur heute Abend gingen sie zusammen im Hotel Minos Beach dinieren. Zwischen zwei heruntergekommenen Fischerbooten liegt ein breites, blinkendes Motorboot. Den Mann in den Bermudashorts, der seine Beine vom Armaturenbrett schwingt, kennst du aus dem Amsterdamer Nachtleben: er trägt den Spitznamen Kruimeltje und ist ein athletischer Abenteurer und Stuntman, der gut kochen kann, manchmal eine Diskothek besitzt, dann wieder nicht, immer in Gesellschaft blendender Frauen ist und oft für Monate nach Südfrankreich verschwindet.

»Na, alter Wichser!« ruft er, während er dir hilft, mit deiner Einkaufstasche an Bord zu kommen und seine Hand wie einen Rammklotz auf deine Schulter fallen läßt. »Darfst du auch mal mitfahren?«

Die Demütigung hängt in der Luft. Du lachst etwas dümmlich und wirfst einen schnellen Blick auf Regina; sie ist jedoch vollauf mit Bibi beschäftigt, die ihre Armreifen bewundert und den Eindruck erweckt, als ob sie in Regina endlich eine verwandte Seele gefunden hätte. Arme Regina, denkst du. Nichts weiß sie von den weltlichen Listen, die nun auf sie angewendet werden, nichts von dieser totalen Herzlichkeit, die jeden Augenblick weggerissen werden kann wie ein Vorhang von einem Feuerwehrmann, wenn ihm das notwendig erscheint. Du befürchtest, daß sie später ihren Freundinnen erzählen wird, die Erzherzogin sei so »einfach«, während du weißt, daß sie alles andere ist, nur genau das nicht.

Kruimeltje steht hinter dem Steuer, neben sich die beiden Bewacher, die sich an der Windschutzscheibe festhalten, startet den Motor und gibt sofort Vollgas, so daß das Boot in einer wilden Kurve vom Kai wegschießt.

»Geht es vielleicht auch etwas langsamer?« ruft Ingeborg, während sie versucht, ihr Haar zusammenzuhalten.

»Bist du bescheuert!« schreit Kruimeltje, ohne sich umzusehen.

Deine Kinder geraten in Ekstase durch diese plötzliche Geschwindigkeit, die harten Schläge auf das Wasser, den Lärm, die Gischt und das Geschrei, das griechische Licht in der Bucht und das weiße Schiff, auf das sie in einem Bogen zurasen. Du wußtest, daß Job eine Villa an der Cote d'Azur hat, und natürlich eine Yacht, aber nicht, daß sie solche Abmessungen hat. *Anything Goes* liest du am Bug, während ihr langsam schaukelnd zur mittschiffs heruntergelassenen Treppe gleitet. Von oben ertönt leise Musik.

Auf dem Vorderdeck entfaltet sich eine entspannte Szenerie: Sonnenhungrige, herumhängende

Jugendliche, schwatzende und lesende Männer und Frauen in bequemen Sesseln unter Sonnenschirmen; von der Reling auf der anderen Seite, der Sicht von der Küste aus entzogen, springt jemand ins Meer. Als Bibi von Habsburg mit ihren langen Beinen in der Kajüte verschwindet, sagt Ingeborg:

»Sie ist verheiratet mit einem brasilianischen Waffenschmied, aber meiner Ansicht nach hat sie auf dieser Reise ein Techtelmechtel mit Kruimeltje. Aber jeder so, wie er mag.«

Du wirfst einen Blick auf Regina, die herumschaut, als sei eine Theateraufführung in Gang. Dick und Ida schließen sich einigen spielenden Hunden unbestimmter Rasse an, und Ingeborg befiehlt dem Mann mit den Zeitschriften, für Champagner zu sorgen und Job zu rufen.

»Ich werde euch nicht jedem vorstellen. Dort, dieser ausgehungerte Gastarbeiter da in der geschmacklosen Badehose, das ist Herr Abdulaziz al Suleiman, Besitzer des halben Libanon, oder Jemen, irgendeines schrecklichen Landes auf jeden Fall. Die blonde Puppe mit dem ganzen Gold ist seine Frau, eine Dänin, sie war Croupier in einem seiner Londoner Spielcasinos – oder Croupeuse, wie nennt man das. Relativ widerlich das Ganze. Die fette Tante mit dem Babyface ist Barbara Carlucci, fünfzig Kaufhäuser und zehn Fernsehstationen in den Staaten, und der Viehdieb, der ihr jetzt eine Cola einschenkt, ist Bill dies und jenes, ich weiß nicht genau, Öl auf jeden Fall. Der Schönling dort bei der Schaluppe, der gerade das hübsche Kind anmacht, ist ein Sproß d'Orléans; sie ist, glaube ich, eine deutsche Fernsehansagerin, sie ist mit Nathan Goldstein hier, einem Projektentwickler aus Frankfurt. Na, und unseren Musiker kennst du«, sagt sie, während sie zu einem alten Herrn hinübersieht, der, gestützt von einer Madonna von Raffael, aus dem Inneren des Schiffes steigt wie aus einem Grab.

Du kennst ihn: Herbert von Karajan, dessen symphonische Gewalt du zu Hause so oft entfesselst mit dem Stereoturm –, seine weiße Tolle fällt mit einem kleinen Salto in die Stirn. Du schaust wieder zu Regina hinüber. Vielleicht sieht sie, daß auch die große Welt ganz einfach das ist, was sie ist: eine Ansammlung von Menschen; das muß unsichtbar bleiben, und darum kreuzt ein Polizeiboot zwischen der *Anything Goes* und der Küste; nicht nur, um Verbrecher auf Abstand zu halten, sondern vor allem das Volk. In der Ferne siehst du deinen Strand.

»Ja, Regina«, sagt Ingeborg, »es gibt Menschen, die Briefmarken sammeln, ich aber sammle Menschen.«

Du weißt es. Du weißt auch, daß sie im Krieg bereits deutsche Offiziere sammelte; aber sie weiß nicht, daß du das weißt, denn sonst stündest du nicht hier. Es ist auch besser, daß Nathan Goldstein es nicht weiß: vermutlich würde er das noch viel weniger schätzen als die Annäherungsversuche des französischen Prinzen an seine Freundin. Während Regina ein Glas vom silbernen Tablett nimmt, das ihr hingehalten wird, legt sie kurz ihre Hand auf deine Schulter. Auch du nimmst nun ein Glas und erhebst es.

»Auf die vollständige Serie, Ingeborg.«

»Dein gutaussehender Gatte«, sagt Ingeborg zu Regina, »findet wieder das richtige Wort. Aber nun, das ist sein Beruf, dafür wird er ja bezahlt.«

In diesem Augenblick erscheint Job, groß und schwer und wabbelig, mit seinem düsteren Blick, seine affenartig behaarten Hände wie immer voller Pfeifen und Dosen mit Mixture, an seinem Arm eine Frau in einem weißen Hemd aus Batist, einem Kopftuch und mit einer großen Sonnenbrille.

»Schau mal, wen wir da haben«, sagt er ohne ein Lächeln und ohne ein Zeichen der Überraschung. Auf Englisch stellt er dir die Frau vor – und wir nehmen einmal an, daß er sagt: »Jacqueline Onassis«.

Während du ihr die Hand drückst, siehst du sie – ihr Kostüm mit dem Gehirn des Präsidenten bespritzt – wieder aus der offenen Limousine klettern, vielleicht um den Polizisten in das Auto zu ziehen, vielleicht um zu flüchten, das alles ist inzwischen fein gemahlen und pulverisiert Geschichte, und du siehst das sengende Licht, das auf euch scheint und in dem sie nun tatsächlich vor dir steht und freundlich lächelt, als ob nichts geschehen wäre. Ist vielleicht wirklich nichts geschehen, im Nachhinein? Wo ist Kennedy? War es eine attische Tragödie? Nachdem der Chor abgegangen ist, ist Schluß, und hinterher redet man bei einem Glas Wein über die Vorstellung. Wo ist es? Wo ist die Vergangenheit? Besteht die Vergangenheit eigentlich in stärkerem Maße als die Zukunft?

Du siehst noch, daß Regina errötet. Dann nimmt Job dich mit zu dem kleinen Kreis von Männern in den Deckstühlen.

Count Fugger. Bruce Gottlieb. Fürst Mendelejev.
 Prüfende Blicke betrachten dich: du mußt wer sein, sonst wärst du nicht hier. Gottlieb hält eine kurze Hose in der Form eines Zubers als Ausrüstung für ausreichend; er sieht, mit Fettpolster, Brillantring am kleinen Finger und dicker Zigarre, aus wie die Karikatur in einer antisemitischen Broschüre. Sein Gesicht und seine Brust tropfen vor Schweiß. Der Fürst hingegen trägt einen weißen Anzug und eine grellrote Krawatte mit einem riesenhaften Knoten; er hat einen ungepflegten Bart und schulterlanges graues Haar, mit seinem stechenden Blick betrachtet er dich wie ein Naturwunder. Count Fugger ist in einen taillierten Zweireiher mit Regimentskrawatte gewandet, während seine Schuhe einen überirdischen Glanz aufweisen, der ausschließlich dadurch erreicht wird, daß ihm mindestens ein Diener sein Leben widmet. Es stellt sich heraus, daß Fugger ein Schweizer Bankier ist; Mendelejev ist als Folge der Weltgeschichte ein englischer Kunsthändler und Gottlieb ein amerikanischer Zeitungsmensch, wie du von Job erfährst – und das heißt vermutlich, jemand mit fünfzig Zeitungen, fünfzig Druckereien und fünfzig

Verlagen. Auf dem Tisch liegt ein dickes, aufgeschlagenes Buch.

Der Graf heftet seine hellblauen deutschen Augen auf dich und fragt auf Englisch:

»Und Sie, womit verdienen Sie Ihre Brötchen?«

Offenbar haben sie dich bereits durchleuchtet.

»Ich bin nur ein einfacher Werbemensch«, sagst du mit einem Lachen, das dir selbst sofort noch unangenehmer ist als den anderen.

»Wenn ich seine Texte lese«, sagt Job, während er seine Pfeife ausklopft, »fange ich fast an, meine eigenen Pillen zu schlucken.«

»Na«, sagt Gottlieb, »wenn du so begabt bist, Dick, dann kannst du uns vielleicht bei einem Problem helfen. Der Fürst hier hat soeben behauptet, daß wir Befürworter des Totalitarismus sein müßten. Stimmst du darin mit ihm überein?«

»Ich habe bisher immer gedacht, daß wir dagegen sein sollten.«

»Ich auch. Aber der Fürst sagt, daß für uns im Westen Geld wesentlich wichtiger ist als der Marxismus-Leninismus für die Russen. Wir besitzen kein Geld, sondern das Geld besitzt uns. Bei uns beherrscht der Kapitalismus den gesamten Menschen, und in Rußland hätten es die Bolschewiken gerne, wenn es mit dem Kommunismus genauso wäre, aber das ist nicht der Fall. Mit anderen Worten, unser System ist wesentlich totalitärer, und nach Meinung von Mendelejev ist das auch richtig so. Was nun?«

Du fühlst dich nicht wohl in deiner Haut, du wirst auf die Probe gestellt. Der Fürst sieht an dir vorbei, als ob er mit der Sache nichts zu tun hätte; Job ist vertieft in das Stopfen seiner nächsten Pfeife. Bevor du dir etwas hast ausdenken können, begegnest du wieder Fuggers Augen. Seine festen Kiefer glänzen wie seine Schuhe.

»Wozu leben Sie eigentlich, mein Herr?« fragt er.

Macht er sich über dich lustig? Du fühlst dich hin und her geschubst, wie früher auf der Straße von einer Gruppe aggressiver Jungs. Vielleicht solltest du ihm jetzt seinen dampfenden Kaffee ins Gesicht schütten, oder dich höflich entschuldigen und aufstehen, aber das alles tust du nicht. Im Gegenteil, du hast plötzlich das Gefühl, als ob deine Existenz auf dem Spiel stünde. Jetzt fällt dir auch eine Antwort ein auf die Frage von Gottlieb (»Wenn wir kein Geld besitzen, sondern vom Geld besessen sind, sind wir also ärmer als die Russen«), aber dazu ist es jetzt zu spät.

»Ich lebe...«, beginnst du nachdenklich, – ja, wozu lebst du eigentlich? Eine sehr gute Frage vom Grafen. Es sind eigentlich drei Fragen: *wodurch? wofür? wozu?* Welche wirst du nun beantworten? Du lebst durch den Umstand, daß deine Eltern dich gezeugt haben, aber sie wußten natürlich nicht, daß du es sein würdest, also waren es eigentlich nicht sie, die dich in die Welt gesetzt haben; daß du der bist, der du bist, ist offenbar etwas, bei dem noch etwas anderes eine Rolle gespielt hat. Aber jetzt lebst du auf jeden Fall. Für was? Um etwas daraus zu machen. Wozu? »Um zu sterben«, sagst du plötzlich. »Genau wie jeder andere auch.«

»Aha!« ruft Mendelejev und streckt seine langen Arme in die Luft, in der einen Hand eine silberne Zigarettenspitze, in der anderen eine schwarze Zigarette. »›In meinem Anfang liegt mein Ende‹, sagt Eliot, ›das Ende ist der Anfang‹, sagt Hegel – aber hier, dieser Werbemensch, ein Kind eigentlich noch, der Hegel und Eliot ebensowenig gelesen hat wie ihr, der trifft genau des Pudels Kern, wenn ich kurz ein Zitat falsch verwenden darf. Nicht der Tod ist der Sinn des Lebens, diese Leier kennen wir ja, sondern das Sterben!« Er zündet seine Zigarette an und macht einen tiefen Lungenzug, und während er mit seinem rollenden Akzent in einem anderen Ton fortfährt, entweicht mit jedem Wort Rauch aus seinem Mund. »Ich werde euch eine Frage stellen.«

»Schon wieder«, sagt Fugger.

»Der Gedanke, zeitlich begrenzt zu sein, ist unerträglich – aber wenn man nun räumlich unbegrenzt wäre, wäre das nicht, oh Fugger, ebenso verheerend wie die Unsterblichkeit? Bei Zeus, nie hat jemand Depressionen, weil er körperlich nicht mit dem Universum zusammenfällt, ich habe zumindest noch nicht gehört, daß sich ein Philosoph oder

Dichter darüber verbreitet hätte. Warum eigentlich nicht, lieber Gottlieb?«

Gottlieb sieht ihn mit hochgezogenen Augenbrauen an, und sein Bauch bewegt sich kurz auf und ab.

»Ich wünschte, ich hätte deine Sorgen.«

»Gut, keine Antwort«, stellt der Fürst gelassen fest. »Gedrückte Stimmung. Offensichtlich kein zweiter Spinoza anwesend. Wenn es auf sokratische Weise nicht geht, dann werde ich euch in Gottes Namen halt etwas über Raum und Zeit vortragen. Vor vierzehn Tagen sind meine Frau und ich nach Le Havre und Paris gefahren, wo wir endlich wiedern den Louvre besucht haben, und wo diese merkwürdige Pyramide gebaut wird, über die ich noch nicht zu Ende nachgedacht habe. Danach sind wir mit dem Bentley langsam gen Süden gereist. Mit einem Bentley darf man sowieso nicht so schnell fahren, das ist mehr was für Opel, das kannst du Gunther Sachs ausrichten«, sagt er und deutet mit einer Kopfbewegung auf einen Mann, der an der Reling ein Insekt von sich wegzuschlagen versucht. »Von Fontainebleau bis Les Baux, wo die edlen Albigenser abgeschlachtet worden sind, war es ein einziges, phantasmagorisches Panorama der Jahrhunderte, der Neuzeit, der Renaissance, des Mittelalters und in Orange, Nimes und Arles sogar schon der römischen Zeit. Ich habe das alles natürlich schon oft gesehen, aber nun erhielt es dank deiner Kreuzfahrt, Job, die wir unternehmen wollten, eine spezielle Perspektive. Ich sah es praktisch von der anderen Seite, von Ägypten aus. In Mantua, wo die Greueltaten der Gonzagas noch überall an den finsteren Mauern hängen, stand ich im Castello wieder vor dem schönsten Fresco aller Zeiten, in der Camera degli Sposi von Mantegna. Ach, liebe Freunde, habt ihr eine Ahnung. Mein Kopf ist langsam so schwer von all den Dingen, daß es mich manchmal wundert, daß er nicht von meinen Schultern herunter auf den Boden rollt. Wenn man sich dann noch überlegt, daß es tatsächlich Geistesgestörte gibt, die es für möglich halten, daß solche Dinge auch an anderen Orten im All vorkommen. Laß sie einmal nach Vicenza gehen und sich das Teatro Olimpico anschauen, und es dann noch einmal behaupten. Im Veneto bin ich auch wieder zu den Palladio-Villen gefahren, die Architektur ist fast ein Gottesbeweis: La Malcontenta, Villa Barbaro. Es hat keinen Sinn, darüber zu sprechen, wenn man es nie gesehen hat. Und schließlich natürlich Venedig. Was soll ich in Gottes Namen sagen? Thalassa! Wie ein steinerner Morgennebel hing La Serenissima über der Lagune. Mary McCarthy schreibt, daß über Venedig nichts Neues mehr gesagt werden kann, aber selbst das ist nicht neu, denn das hat Henry James auch schon gesagt: das war also die letzte Neuigkeit über die metaphysische Stadt. Dort haben wir uns eingeschifft und sind nach Süden gefahren, Steuerbord, unsichtbar hinter dem Apennin, lag die bezaubernde Toscana mit ihren Zypressen, die nie ist, was sie ist, sondern sich von einem Augenblick zum nächsten verwandelt: in eine der Renaissance, in eine römische, in eine etruskische, und wieder zurück. Und dann, hinter dem Horizont: Rom. Unausweichlich fuhren wir mit unserer erlesenen Gesellschaft in das klassische Altertum hinein: die steilen Felsen der hellenischen Inseln erschienen, manchmal mit den drei zerbrochenen Säulen einer Akropolis darauf, wie unergründliche Zeichen – und während ihr ununterbrochen über dieses schreckliche Geld gesprochen habt, wurde ich allmählich so schwer wie Europa selbst.«

»Dieses schreckliche Geld«, nickt Gottlieb, »das wir bei dir für deine zweifelhaften Rembrandts zahlen müssen.«

»Und nun«, sagt der Fürst unbeirrbar, während er mit seiner Zigarettenspitze auf die Küste zeigt, »liegen wir auf der Reede vor Kreta. Hier ist die Grenze, genau hier. Heute nacht fahren wir weiter nach Ägypten, wo das Ziel unserer Reise durch die Zeit in der Wüste liegt. Und was ist das Ziel, meine Freunde?«

Sogar Job sieht ihn nun mit einem Blick an, aus dem ersichtlich ist, daß er nicht die leiseste Ahnung hat. Es verändert sich etwas in Mendelejevs Gesicht, als er sagt: »Die Musik.«

»Ja«, murmelt Job, »so kann man es auch sehen.«

»Ich erkläre dir nur, was du in deiner pharmazeutischen Unschuld in meiner prometheischen Seele angerichtet hast. Und hier«, fährt der Fürst fort, während er dir nun plötzlich fest in die Augen schaut, »hier, auf dieser Kreter Grenze zwischen Europa und dem Totenreich, erscheint aus dem Nichts dieser johanneische Werbemensch, dieser wortgewandte Bedienstete mit seinen frechen Zügen, und läßt sich entwischen, daß der Mensch lebt, um zu sterben. Was ist das für eine Eingebung, an einem Ort wie diesem?«

»Es wird noch ein böses Ende mit ihm nehmen«, lacht Gottlieb, während er dir zuzwinkert.

»Ein sehr böses«, sagt Fugger und steht auf, zupft ein Haar von seinem Ärmel und überprüft mit beiden Händen, ob der Knoten seiner Krawatte noch fest genug an der richtigen Stelle sitzt. »Und nicht nur mit ihm, denn innerhalb von drei Monaten haben wir einen Börsenkrach.«

Mit einer langsamen Bewegung, die eigentlich eine schnelle ist, schaut Job zu ihm auf.

»Du machst Witze.«

»Verkaufen. Jetzt. Alles.«

»Aber die Dow Jones –«

»Genau«, sagt der Graf, ohne den Rest des Satzes abzuwarten und schlendert weg.

Auch Gottlieb hat es gehört, und ohne daß sein Lächeln verschwindet, schaut er träumerisch über das Meer – auf die träumerische Art, in der Entscheidungen getroffen werden. Du existierst auf einmal nicht mehr für diese Leute. Du bist abgehandelt. Job nimmt seine Pfeifen und steht ebenfalls auf, Mendelejev verschränkt seine Beine und nimmt das Buch auf den Schoß.

Seine Rede hat dich verwirrt, noch nie hat jemand so zu dir gesprochen. Du empfindest eine Art zwanghafter Verehrung für ihn, wie für deinen Vater, und du suchst einen Weg, ihn das merken zu lassen; aber er ist jetzt von etwas undurchdringlich Abwehrendem umgeben, so daß du den Mut nicht aufbringst. Du weißt nicht, was du tun sollst, und siehst dich um. Die Bewacher haben ihre Windjakken ausgezogen und sitzen entspannt in der Sonne, die Pistole im Hosengürtel. Hier auf See ist das Rauschen der Brandung nicht mehr hörbar. Auf dem Oberdeck, unter der langsam rotierenden Radarantenne, siehst du Regina; im Vorbeigehen gibt ihr jemand mit kurzgeschnittenem, weißem Haar Feuer, er kommt dir bekannt vor, aber du kannst ihn nicht einordnen. Stöhnend erhebt sich auch Gottlieb; und als kurz darauf Mendelejev von einer kichernden kleinen Frau, der Fürstin natürlich, die ihn »Dmitri« nennt und offenbar etwas Lustiges für ihn hat, geholt wird, siehst du, daß der Fürst ein klein wenig hinkt. Gegrüßt hat dich keiner der vier.

Du bist allein. Du stehst auf und schaust, ob du Ingeborg siehst. Als du kurz dem Blick von Bibi begegnest, die oben ohne in einem Liegestuhl liegt, gibt sie kein Zeichen des Erkennens, so daß du nicht wagst, sie anzusprechen. Du wirst nun ganz schnell dahin zurückgeschickt, wo du hingehörst. Verloren gehst du zwischen den Mächtigen und den Schurken zum Achterdeck, wo auch Regina und die Kinder keine andere Gesellschaft mehr haben als einander. Es ist, als ob ihr nicht mehr da seid, wo ihr seid.

»Du errätst nie, wer mir Feuer gegeben hat«, sagt Regina.

»Der Kapitän.«

»Frank Sinatra.«

»Nicht schlecht. Und doch wirst du deine Zigarette gleich wieder ausmachen müssen. Ich habe das Gefühl, daß wir gehen sollten, und zwar schnell.«

Im gleichen Augenblick erscheint Kruimeltje mit eurer Einkaufstasche. Ihr könnt mit dem Boot vom Hotel Minos Beach zurückfahren, das gleich ablegt; er selbst müsse *stand by* bleiben für die anderen Gäste. Als du zu erkennen gibst, daß du dich von Job verabschieden möchtest, sagt er, der ist in der Steuerkabine, aber beeil dich. Innen, in einem Flur, siehst du vor einer Kajütentür einen Männer- und einen Frauenschuh stehen, um geputzt zu werden; dann kommst du an einer kleinen Bar vorbei, wo Henry Kissinger offensichtlich gerade einen guten Witz erzählt hat, denn du siehst Prinz Rainier von Monaco mit zwei Händen einen Hocker festhalten, um nicht vor Lachen vornüber zu fallen. Job telefoniert in der Steuerkabine. Redend sieht er dich an, ohne dich zu sehen; als du kurz winkst, winkt er automatisch zurück und wendet seinen Kopf ab.

Zwei düstere Griechen in verschlissenen T-Shirts helfen euch an Bord des Hotelbootes, das offenbar für den Proviant gesorgt hat. Als du noch einmal aufsiehst, ist Kruimeltje bereits von der Reling verschwunden.

Es ist Nacht, aber noch immer schwül; kein Blatt rührt sich. Auch die Fledermäuse haben sich schon wieder zurückgezogen, und du siehst auf deiner Terrasse eine Weile einer bleichen Eidechse an der Wand zu, die sich in ihrem Paläozoikum Millimeter für Millimeter einer großen Motte nähert. Plötzlich steckt die Motte zwischen den breiten Kiefern der Eidechse, ohne daß diese die letzten fünf Zentimeter zurückgelegt zu haben scheint. Wie eine alte Zeitung, denkst du. Das Tier, das am reglosesten von allen Tieren sein kann, kann sich auch am schnellsten bewegen: die Natur erteilt weise Lektionen. Irgendwo in der Finsternis schreit eine Eule, vom Hotel klingt der Sirtaki herüber; nach dieser Musik tanzen und springen nun Menschen mittleren Alters herum, um zu zeigen, daß sie sich noch jung fühlen, wodurch sie aber nur ihr Alter unterstreichen. Dick und Ida schlafen, Regina ist zur Bar am Strand gegangen. Das Deck der *Anything Goes* erscheint vor deinem inneren Auge, aber es ist dir unangenehm und du nimmst die Zeitung, die du gestern schon einmal gekauft hast.

Nach einem Blick auf einige große Anzeigen, denen du sofort ansiehst, von welcher Agentur sie gemacht wurden, schaust du dir die Satellitenaufnahme von Europa an. Von Skandinavien bis zur Mitte Frankreichs ist alles unter weißen Strudeln verschwunden; von Norditalien aus streckt sich ein drohender Rüssel zur Riviera, kann sie aber nicht erreichen; Kreta ist nicht mehr auf der Karte. Du erinnerst dich, wie überraschend das Wetter sogar noch in deiner Jugend schön oder schlecht wurde; jetzt gibt es nur noch Hoch- oder Tiefdruckgebiete, die Welt ist größer und damit kleiner geworden, du siehst, wo alles herkommt und was geschehen wird, das Geheimnis ist gelüftet, ohne daß das Wetter sich dadurch gebessert hätte. Die Grenze der Niederlande ist in die Wolkendecke eingezeichnet. Früher, wenn du dir den Globus ansahst, wunderte es dich nicht, daß es auf dieser Weltkugel offenbar überall wolkenlos war; jetzt wunderst du dich darüber, daß auf den Satellitenbildern keine Grenzen zu sehen sind, daß die Länder und Meere nicht mit Namen übersät sind und sich keine Schiffahrtslinien über die Ozeane schlängeln. Du lächelst; darüber mußt du morgen mit Dick sprechen. Früher hättest du es dir auch für Regina gemerkt, aber du hast ihr nicht einmal etwas von dem erzählt, was Mendelejev gesagt hat.

Die Motte ist mittlerweile fast ganz aufgefressen, die Eidechse wendet sich dem nächsten Gericht zu. Übermorgen um diese Zeit, denkst du, bist du wieder unter den Wolken in Amsterdam, hast zu deinen Füßen einen Stapel Zeitungen und Zeitschriften, die du stundenlang widerwillig durchblätterst, bis deine Hände schwarz geworden sind. Du beschließt, auch kurz zum Strand hinunter zu gehen. Mit zwei großen Schlucken trinkst du dein Glas aus und schließt die Verandatüren ab. Das Rauschen nimmt zu, während du über den Kies und die Steine der kaum beleuchteten Palmenallee zum Hotelnebengebäude gehst.

Schweigend und in ihre Liegestühle zurückgelehnt schauen noch einige Gäste gedankenverloren über das dunkle Meer; die Bar ist bereits mit Holzschotten geschlossen. Regina ist nicht da, aber kurz darauf entdeckst du am Strand eine schemenhafte Gestalt. Du steigst aus den Espadrilles und gehst durch den kühlen Sand, der jetzt nicht nur in der Temperatur anders ist als tagsüber: plötzlich ist es kein Urlaubssand mehr, Eigentum der Fremden, im Ausland in Prospekten zu sehen – für die Dauer der Nacht ist er insgeheim zurückgekehrt zum Sand, der er eigentlich ist und schon immer war. Der Mond ist noch nicht aufgegangen; außerhalb der Reichweite der Terrassenlampen enthüllt sich über dem Meer ein von Sternen übersäter Himmel von einer so erbarmungslosen, kalten Pracht, daß es dir vorkommt, als würdest auch du von ihm durchdrungen.

Sie sitzt auf dem Holzgestell eines Liegestuhls und hört dich nicht kommen. Ärgerlich siehst du plötzlich, wo sie hinsieht: strahlend wie ein heruntergefallenes Stück Himmel liegt in der Ferne die *Anything Goes* in der Nacht.

»Gefällt es dir?«

Du siehst den Schock, das Erschrecken auf ihrem Rücken, und das ruft für einen Augenblick deine alte Liebe zu ihr in dir wach (auch sie nur ein armseliger Körper!) – als du jedoch ihren Blick siehst, ist sie sofort wieder verschwunden. Sie wendet ihre Augen mit der Botschaft ab, daß du keine Antwort wert bis. Du setzt dich neben sie und sie rückt ein Stück, obwohl ausreichend Abstand zwischen euch ist. Sie zündet sich eine Zigarette an und läßt den Deckel ihres silbernen Feuerzeugs mit dem Geräusch zuschnappen, das nur teure Marken machen. Sie stützt den Ellenbogen auf das Knie, hält die Zigarette zwischen Zeige- und Mittelfinger und bewegt den langen Nagel ihres Ringfingers langsam unter dem ihres Daumens hin und her. Denkt sie an Frankie-Boy? *The Voice*, die ihr Feuer gibt? Du schaust hinüber zur Yacht. Auf dem schwarzen Meer, vor dem schwarzen Sternenhimmel, sieht sie aus, als schwebe sie. Nicht weit von euch sieht die knabbernde Brandung im Licht der Strandbar weiß wie Zahncreme aus; wo die Finsternis beginnt, schaukeln Ausflugsboote verlassen und fast unsichtbar an ihren Ankertauen.

Früher, sogar voriges Jahr noch, wäre es nun zu

einer häßlichen Szene zwischen euch gekommen. Zum Beispiel so:

»Regina, bist du nun wirklich so unzufrieden mit deinem Leben, daß du dich hier hinsetzen mußt, um das Schiff anzuschauen wie das Himmlische Jerusalem?«

»Wenn du gekommen bist, um mich zu triezen, dann hau lieber sofort wieder ab.«

»Ich stelle nur eine Frage, warum ist das gleich triezen?«

»Ja, du stellst nur eine Frage.«

»Sag dann, weshalb du hier sitzt. Dachtest du vielleicht, daß es auf dem Boot anders ist als bei dir zu Hause, außer, daß sie mehr Geld haben und in der Zeitung stehen? Oder geht es dir gerade darum?«

»Arsch...«

»Heute morgen hast du dich anders ausgedrückt. Immer zuckersüß, wenn andere Leute in der Nähe sind, aber kaum bist du mit mir alleine, verwandelst du dich in eine ziemlich sauere Zitrone. Nur ich weiß, was du wirklich bist.«

»Und ich, was für ein Arschloch *du* bist.«

»Hör dir das an. Und ich darf wieder geschmeichelt lächeln, wenn jemand sagt, was für einen Schatz von einer Frau ich doch habe, und daß ich ja gut acht auf dich geben soll. Niemand weiß etwas von der Ehe anderer. Vielleicht nicht einmal von der eigenen.«

»Nein, du auf jeden Fall nicht. Du hast keine Ahnung, was für einen Trümmerhaufen du daraus gemacht hast.«

»Ich bin wenigstens ehrlich.«

»Du, ehrlich, daß ich nicht lache. Dein ganzes Leben ist eine einzige Lüge.«

«Ja, ich ehrlich. Ich verstelle mich nicht.«

»Außer, wenn sie zu dir sagen, was für eine entzückende Frau du hast. *Ich* verstelle mich nicht.«

»Ach? Und was sollte dann heute morgen deine Hand auf meiner Schulter, als du das Glas Champagner genommen hast?«

»Ich weiß nicht, wovon du sprichst.«

»Aber ich. Du wolltest zeigen, was für eine glückliche Ehe du führst. Aber wenn du mit mir allein bist, legst du deine Hand nie auf meine Schulter. Dann rückst du ein Stück weg.«

»Das hast du dir doch wohl selbst zu verdanken.«

»Wenn ich mir das selbst zu verdanken habe, brauchst du deine Hand dann auch nicht auf meine Schulter zu legen, wenn andere dabei sind – vor allem nicht vor dieser Hexe Ingeborg. Was meinst du eigentlich, wie ihre Ehe aussieht?«

»Was weißt denn du davon?«

»Mehr, als ich dir erzählen werde. Du kannst es mir ruhig glauben, ihre Ehe sieht aus wie eine deutsche Stadt nach dem Ende des Zweiten Weltkrieges, genau wie unsere.«

»Wie schön du das doch immer sagen kannst.«

»Ja, wirf mir das vor allem vor. Daß ich es immer so schön sagen kann, dem hast du dein bequemes, warmes Bett zu verdanken.«

»Ja, nur schade, daß du auch darin liegst.«

»Mit dieser Bemerkung verleugnest du also deine eigenen Kinder, aber das ist dir wohl nicht bewußt. Warum bin ich in Gottes Namen mit so einer hohlen Frau verheiratet? Das sollte wohl einer gewissen Hohlheit in mir selbst entsprechen. Ein schrecklicher Gedanke.«

»Macht dir das eigentlich Spaß? Es wird dieser hohle Beruf von dir sein. Du hättest dich mal sehen sollen heute morgen, du warst noch mehr Bediensteter als Kruimeltje.«

»Herrgott, wie schrecklich! Warum haust du eigentlich nicht ab?«

»Wenn Dick und Ida nicht wären, wäre ich schon längst abgehauen. Endlich weg von dir, raus aus diesem widerlichen Haus und dieser dreckigen Scheißstadt. Du weißt, wie ich das alles hasse, in Amsterdam, nicht einmal einen Garten haben wir. Aber dir ist es ja egal, was ich sage, du kümmerst dich nicht um mich, das sagt jeder.«

»All die Leute mit ihren schönen Gärten in diesen elendigen Scheißdörfern sind eifersüchtig auf unser Appartement. Denen tut es schon längst leid, daß sie außerhalb wohnen, aber jetzt können sie nicht mehr zurück, wegen der Schule der Kinder. Und deshalb versuchen sie, es dir madig zu machen, und du fällst auch noch darauf herein, weil du auch noch eine ziemlich dumme Kuh bist.«

»Natürlich, ich bin wieder eine dumme Kuh, und was bist du?«

»Ich glaube, es war ein Arschloch!«

»Du meinst wohl, daß du witzig bist. Immer bin ich die Blöde, ich höre nichts anderes von dir, nie mache ich etwas richtig, immer ist alles falsch.«

»Und wenn ich dir ein Kompliment mache, tue ich das deiner Meinung nach nur, um es dir unmöglich zu machen, mir vorzuwerfen, daß ich dir nie ein Kompliment mache. Das ist also doppelt gemein von mir. Ist es nicht so? Ich habe dich langsam durchschaut, du elendes Miststück, mit deiner ewigen Unzufriedenheit, deinem widerlichen Selbstmitleid.«

»Ja, du kannst reden, bis du schwarz bist. Jeder sagt, daß ich verrückt bin, daß ich –«

»Jeder sagt, jeder sagt – lebst du denn verdammt noch mal nur über andere? Bist du selbst niemand? All die glücklichen Familien mit ihren Gärten, hör doch auf! Was meinst du, was sich dort abspielt? Jeder Mensch hat sein Schicksal zu tragen.«

»Ist das dein neuester Werbeslogan? Sehr schlau. Sieh zu, daß du zehntausend Gulden dafür bekommst.«

»Ja, damit du dir endlich etwas kaufen kannst. Du hast ja nie etwas zum Anziehen? Soll ich dir jetzt einmal genau sagen, was mit dir los ist?«

»Ich höre gar nicht mehr zu.«

»Schön, dann kann ich wenigstens ausreden. Du siehst diese Menschen wie die Leute in den Werbespots im Fernsehen, wie die Leute, wie ich sie mache. Das einzige, was noch fehlt, ist die passende Musik und die Zeitlupe, wenn sie mit frisch gewaschenem Haar in ihren Spießergärten über den Rasen hüpfen, mit dem vergifteten Boden darunter. Du glaubst natürlich, daß ihr Leben wirklich so vollkommen und überglücklich ist, während das Bild aber nur genau berechneter Lifestyle ist, Kommerz, Wirtschaftsleben, eine Frage des Geldes und weiter nichts. Aber weil dein Leben nur von außen so aussieht und nicht von innen, bin ich ein Arschloch und du die Betrogene. Was du suchst, ist eine Art paradiesisches Glück *innerhalb* des Geldes, was weiß ich, die Seele des Goldes oder so etwas, wie eine Art pekuniäre Mystik – aber die wirst du nicht finden, denn diese Welt gibt es nicht. Die gibt es nur im Kopf von Arschlöchern wie mir. Wo ist eigentlich für dich Schluß, ab wann bist du endlich zufrieden? Hast du schon einmal gesehen, wie die Leute aus dem Hotel unser Haus hier betrachten?«

»Es ist gar nicht unser Haus.«

»Da hast du es wieder. Aber wir *wohnen* darin! Aber das reicht dir nicht – nein: haben. Haben, haben. Genau so siehst du die Bungalows mit Swimmingpool deiner Freunde; aber wenn du dort wohnst, willst du wieder so wie Job wohnen. Du erreichst es nie, du sitzt immer wieder in der ersten Klasse, darüber habe ich letztens noch mit Ida gesprochen. Wenn Job morgen das Pech hat, auf See Gordon Getty mit einem noch größeren Schiff und der Königin an Bord zu begegnen, dann steigen sie alle um und er kann verrecken mit seiner Aida in Karnak. Aber gut, dann bist du endlich am Cap d'Antibes, mit zwanzig Bewachern. Dachtest du etwa, daß du dann plötzlich auch glücklich verheiratet wärest? Es ist alles exakt das gleiche, nur, daß außerdem deine Kinder entführt werden. Dann darfst du Pakete aufmachen mit einem Ohr drin. Alles wird abgerechnet, Regina. Ich bin nie mehr so glücklich gewesen wie an dem Abend in meiner Bude, als du aus Paris zurückkamst.«

»Das ist lange her.«

»Zwölf Jahre, genau gesagt. Und darum bist du unzufrieden aus einem völlig lächerlichen und infantilen Grund, und ich darf dafür büßen. In Ordnung, das ist die Strafe für meinen zynischen Beruf, für die unglücklich machenden glücklichen Welten, die ich verkaufe. Ich verschärfe das Schicksal, indem ich es leugne, anstatt es zu entschärfen, indem ich es bestätige, wie das ein Schriftsteller täte. Wenn morgen das Marketing verboten wird, bin ich voll und ganz dafür. Dann werde auch ich endlich ein kontaktgestörter Intellektueller. Dann schicke ich dich auf den Strich und schreibe ein literarisches

Meisterwerk, eine groteske Weltfabel von fünfhundert Seiten. Aber zuerst werde ich mir noch einen doppelten Whisky einschenken. Du auch, so lange es noch geht?«

»Du kannst mich am Arsch lecken.«

Es ist nicht sicher, daß es alles so hätte gesagt werden können, denn ihr habt kein Wort gesprochen. Schweigend sitzt ihr nebeneinander. Plötzlich hast du den Drang, sie zu schlagen, so fest du kannst, ins Gesicht; aber das tust du nicht. Gib zu, daß du verzweifelt bist. Ihr streitet euch nicht einmal mehr. Es sieht so aus, als ob das Schweigen des Alls dort oben zwischen den Sternen euch für immer ergriffen hat.

Und dann geht ihr wieder einmal zurück. Jetzt ist auch die Bar verwaist; schweigend geht ihr auf dem Kiesweg und lauscht dem Geräusch eurer Schritte. Du hast eigentlich keine Lust mehr auf Alkohol. Zu Hause räumst du die Gläser weg und schließt die Fensterläden. Während Regina noch kurz nach den Kindern sieht, trinkst du in der Küche noch ein Glas Milch, wie jeden Abend vor dem Schlafengehen – deine Augen auf eine Straße mit kleinen Ameisen geheftet, die während all dieser Wochen an der gleichen Stelle und mit den gleichen unbegreiflichen Kurven über die Wand ziehen. Alles bewegt sich und ist zugleich eine Figur, die steht. Es ist noch immer Stoßzeit, aber so eilig sie sich auch begegnen, jede Ameise findet Zeit, die entgegenkommende kurz zu begrüßen, oder zu kontrollieren. Soweit kommt es noch, denkst du. Während du überlegst, ob du daraus etwas machen kannst, für den einen oder anderen Werbeträger *(Möchten Sie etwa, daß es soweit kommt? Unser PC 704 KX-Turbo Target...)*, hörst du im Wohnzimmer einen Schrei von Regina.

»Dick!«

Halb ausgezogen, die Hände über dem Kopf,

steht sie in eine Ecke gedrückt und schaut zu einer Fledermaus hinauf, die, in eckigen Bahnen und schwarz wie ein verkohltes Stück Papier, an der Decke entlangflattert.

»Paß auf!« ruft sie, als du durch das Zimmer gehst, um die Fensterläden zur Terrasse wieder zu öffnen. »In der Zeitung stand, daß sie die Tollwut haben!«

»In den Niederlanden. Nicht hier. Geh nur ins Schlafzimmer.«

Du schaltest das Licht auf der Terrasse ein und das Licht im Zimmer aus. Draußen wartest du, du hörst sie flattern, aber sie kommt nicht heraus. Dann wird dir bewußt, daß es dumm ist, was du tust: du denkst an Insekten, oder an Vögel, oder an Menschen, die aus dem Dunkel ins Licht wollen. Du machst das Licht auf der Terrasse aus und das Licht im Zimmer an, und kurz darauf siehst du die Fledermaus wie einen schwarzen Blitz in der Nacht verschwinden.

Du steckst deinen Kopf kurz ins Schlafzimmer und sagst, daß sie weg ist. Regina sitzt nackt auf dem Bettrand; sie hat einen Spiegel in der Hand und cremt ihr Gesicht ein.

»Gott sei Dank. Dieses eklige Vieh . . .«

Durch den Umstand, daß der Prozeß des Zubettgehens nun unterbrochen wurde, schenkst du dir doch noch einen Whisky ein und stellst dich damit auf die Schwelle der Terrasse. Du ertappst dich dabei, daß du auch wieder an die *Anything Goes* denkst. Nach ihrem Diner im Hotel sind sie jetzt vermutlich wieder an Bord, manche haben sich sofort zurückgezogen, andere lassen sich noch einen Kognak einschenken; Kruimeltje schleicht durch die Gänge zu Bibi, der Prinz nimmt die Fernsehansagerin hinter einem Beiboot, und während das Schiff die Anker lichtet, erklärt der Fürst Karajan und Kissinger, welchen Einfluß das tausendjährige Reich Ägypten via Boullée auf Albert Speer und das Dutzendjährige Reich gehabt hat – worauf *Dear Henry* sagt: »Es sieht aus, als ob Sie gerührt wären.« Wie ein Klotz steht die Nacht vor deinen Augen. Es ist, als ob du in der Stille dein Leben, die Tatsache, daß du existierst, empfindest wie etwas, das außerhalb von dir ist, wie etwas, mit dem du in gewisser Weise nichts zu tun hast, das aber in irgendeiner Weise mit allem, was du *nicht* bist, zusammenfällt: mit dieser ganzen Welt, die dort anfängt, wo dein Körper aufhört. Oder hast du zuviel getrunken? Du spürst, daß du gestochen wirst, an den Händen und an den Knöcheln, aber du ignorierst es; auf Zehen und Fersen schwankst du langsam vor und zurück, dann und wann fallen dir die Augen zu.

»In meinem Anfang liegt mein Ende«, murmelst du, »das Ende ist der Anfang . . .«

Du redest mit dir selbst, es wird Zeit, ins Bett zu gehen. Du schließt wieder die Fensterläden, nimmst doch noch einen allerletzten Whisky, den du in einem Zug leerst, und machst das Licht aus. Nur eine schwache Nachtlampe bleibt an. Als du die Schlafzimmertür öffnest, wirst du von Reginas warmem Duft überwältigt. Schlafend liegt sie auf dem Rücken, halb unter dem Laken, das eine Bein angezogen, so daß du ihr gerade zwischen die Beine schauen könntest; aber die Szene spielt im Dunkel, so daß du nichts Konkretes sehen kannst.

Plötzlich zitterst du. Du mußt sofort etwas unternehmen, ehe sie ihre Haltung ändert! Irgendwo in der Küche muß eine Taschenlampe sein, aber du weißt nicht, wo; wenn du das Deckenlicht einschaltest, wacht sie natürlich auf. Dein Blick fällt auf den Spiegel neben dem Bett. Schnell nimmst du ihn und gehst auf Zehenspitzen zurück zum Wohnzimmer; hastig, mit bebenden Händen, schaltest du die Schreibtischlampe ein, biegst sie in die Waagerechte, und auf der Schwelle zum Schlafzimmer schickst du das Licht mit Hilfe des Spiegels zwischen ihre Beine. Du fühlst, wie erregt du bist. Ihre großen Schamlippen, darum herum alles wegrasiert, baden wie ein Prunkstück im Scheinwerferlicht. Da sie selbst einen Widerwillen dagegen hat und lieber ein verborgeneres, inwendigeres Organ hätte, bekommst du es eigentlich nie zu Gesicht. Sie kann es sich nicht vorstellen, daß gerade das dich ganz besonders erregt, das gibt es nicht, das sagst du nur so, aus Höflichkeit, in Wirklichkeit, sagt sie, findest du es nämlich auch widerlich, denn das ist es, da brauchst du ihr, sagt sie, nichts vorzumachen. Aber das stimmt nicht, im Gegenteil, du findest es toll, es macht dich wahnsinnig vor Erregung; daß sie gebaut ist, wie sie gebaut ist, ist gerade eines der Dinge, deretwillen du vom ersten Tag an in sie verliebt warst. Du schaust hin wie ein kleiner Junge, der zum ersten Mal so etwas sieht, obwohl du seit Jahr und Tag bei ihr bist und sogar deine Kinder hast daraus zum Vorschein kommen sehen. Erschrocken drehst du dich um: beobachten sie dich vielleicht? Die Tür zu ihrem Schlafzimmer ist zu, die Klinke bewegt sich nicht. Stell dir vor! Du richtest den Spiegel wieder aus und das Licht bebt über den frivolen, vertikalen Mund, der leicht geöffnet ist, als ob er trinken wollte. *Spürt* sie das Licht nicht? Schläft sie wirklich?

Plötzlich schaltest du die Schreibtischlampe aus und legst den Spiegel zurück. Schnell ziehst du dich aus und legst dich neben sie, wobei du dafür sorgst, daß sie aufwacht. Stöhnend dreht sie sich auf die Seite und du fragst, ob sie von der Fledermaus träumt. Mit schwerer Zunge sagt sie, daß sie sich besudelt fühlt. Unsicher beginnst du, die Kaschmirhaut ihres Bauches zu streicheln, ängstlich, daß sie vielleicht deine Hand wegschieben wird mit dieser harten, erbarmungslosen Bewegung. Durch die Streitereien und die Stimmungen kommt es meistens nicht mehr zum Beischlaf, nur noch nach viel

Alkohol; aber jetzt habt ihr wenigstens ein wenig miteinander gesprochen, sei es auch nur von einer Fledermaus. Deine Hand gleitet zwischen ihre Beine und du spürst, was du gerade gesehen hast, und wie feucht sie nun ist. Die Feuchte einer Frau ist das Glück des Mannes! Seufzend und stöhnend versinkst du, erst in dich, dann in sie – dank des unheimlichen Eindringlings, der nun irgendwo über den Weinbergen oder in den Hügeln im Mondlicht seine heilige hohle Eiche aufsucht.

WASSER

Bist du sicher, daß du bis hierhin mit allem einverstanden bist? Es sind natürlich nur Unterstellungen, Annahmen, Hypothesen; selbstverständlich würdest du, zum Beispiel, nie mit einem Spiegel solche visuellen Pornostreiche machen, und ich natürlich auch nicht, allein der Gedanke ist schon absurd. Aber zugleich ist dir nichts Menschliches fremd, du bist bereit, allem ins Auge zu blicken – und damit ist nun der letzte Tag deines Urlaubs angebrochen.

Nachts bist du einmal von einem unbestimmten Lärm draußen aufgewacht, du wolltest aufstehen, um zu sehen, was los ist, aber der Schlaf hat dich wieder zurück in die Tiefe gezogen und du hast geträumt, daß du aufstehst und schaust, was los ist. Jetzt wird es ernst. Denn man kann sich alles ausdenken, nur keine Träume.

Der Lärm rührt offenbar von dem Sturm her, der dir in den Rücken bläst, während du in Amsterdam nach Hause gehst. Zwei Männer kommen dir vornübergebeugt entgegen und halten ihre Regenschirme gerade vor sich. Gebückt gehst du zwischen ihnen durch, aber anstatt ihre Regenschirme etwas zu heben, lassen sie sie noch weiter herunter, so daß du dich in einem Hindernis aus triefendem, schwarzem Nylon und Draht verhedderst. Wütend schreist du sie an, worauf aus dem Mund des einen eine Flut von silbrigem Erbrochenen kommt, das wie eine Art Bart am Kinn hängenbleibt. Erschrocken siehst du zu, daß du nach Hause kommst. Dort meldet der »Operateur« seinen Besuch an. »Du kannst mir ein Glas Wein anbieten«, sagt er, aber der Wein ist ausgegangen. Plötzlich entsteht ein Loch in der Wand, durch das ein dicker Strahl blaugefärbtes Wasser hereinspritzt. Aus der Küche holst du einen zu kleinen Topf und schreist Regina an, sie solle den größten Topf holen. Kurz darauf erscheint sie mit einem Sieb. Du fragst, ob sie vielleicht nicht ganz bei Trost ist; darüber denkt sie kurz nach, leugnet es aber dann. Das Spritzen hört auf. Aber sofort löst sich in voller Höhe die Scheibe aus dem Fensterrahmen: du kannst sie gerade noch mit beiden Händen auffangen. Der Sturm tobt, und der Operateur sagt: »Die Fenster werden hier manchmal eingedrückt.« Du sagst, daß du dickere Scheiben einsetzen und ein Kreuz hinnageln lassen wirst. »Wie kann es aber dann noch geöffnet werden?« fragt der Operateur, aber deiner Meinung nach geht das ohne weiteres ...

Mit einem Ruck wachst du auf. Draußen tost noch immer der gleiche Lärm. Im Licht, das durch die Spalten dringt, siehst du Regina an. Sie schläft, über ihren Augen die schwarze Maske; du hast nicht bemerkt, daß sie sie aufgesetzt hat. Du steigst aus dem Bett und öffnest die Fensterläden, die dir sofort aus den Händen gerissen werden und mit einem Knall gegen die Wand schlagen.

Der Träumer hatte recht: es stürmt wirklich. Nichts im Garten steht still, die Bäume, die Sträucher, die Pflanzen, alles wird geschüttelt und durchgeblasen, durch die schwankende Palmenallee jagen meterhohe Staubwolken, die mit Blättern, Samen, Zeitungen, Plastiktüten vermischt sind; hinter den Pinien hängt das Tosen der Brandung. Aber alles geschieht in dem blendenden griechischen Licht, der Himmel ist fast so blau wie immer.

»Was ist denn in Gottes Namen los?«

Regina sitzt aufrecht im Bett und hat die Maske in die Stirn geschoben.

»Mistral.«

»Nett, am letzten Tag.«

»Ich denke, daß wir genau rechtzeitig abreisen.«

Die Kinder spielen auf ihrem Bett Karten. Da nichts weniger natürlich ist als Kinder, haben sie vom Wetter vermutlich nichts bemerkt. Als Regina ankündigt, daß sie heute nicht zum Strand gehen, wird Ida wütend, aber du sagst, daß ihr nicht den ganzen Tag im Mistral sitzen könnt.

»Der weht hier nicht«, sagt Dick.

»Nun, dann eben der Föhn.«

»Weht hier auch nicht.«

»Das Meer hängt mir sowieso bis da«, sagt Regina. »Heute fahren wir in die Berge und werden irgendwo zwischen den Olivenbäumen Picknick machen.«

»Bäh!« rufen Dick und Ida zugleich.

Und du sagst:

»Geht ihr nur, ich bleib mal ein bißchen hier. Ich esse hier irgendwo etwas.«

Regina nickt, mit einem Gesicht, als ob sie nichts anderes erwartet hätte.

»Wie gemütlich du wieder bist. Nun gut, so ist es immer«, – und du weißt, daß du diesen Satz nun weiterführen mußt mit den Worten: »... wenn wir miteinander geschlafen haben.«

Aber du hast ganz einfach das Bedürfnis, einmal allein zu sein, vielleicht, um dich mental auf die Rückkehr zur Arbeit vorzubereiten. Als sie gegen elf Uhr in den Jeep steigen, reibt Dick mit einem Finger über den Kotflügel, sieht ihn sich an und zeigt dir den gelblichen Staub:

»Saharasand. Scirocco.«

Langsam fahren sie über die Muscheln zum Tor, das du aufhältst: Regina mit einer Zigarette zwischen den Lippen am Steuer, die Kinder grantig auf dem Rücksitz, Ida mit ihrem Walkman, Dick mit seinem Buch. Du stehst dort, um noch einmal zu winken, aber niemand dreht sich zu dir um.

Du schließt das Tor und öffnest das kleine Türchen des Briefkastens. Das Haar weht dir um den

Kopf, und du mußt die Augen des Staubes wegen ein wenig zukneifen. Der Wind ist ein merkwürdiger, unablässiger Strom warmer Luft aus den Hügeln. Er bläst mit immer gleicher Stärke, die eher an einen riesigen Luftzug denken läßt als an die unregelmäßigen Böen im Norden. Natürlich liegt keine Post auf dem verlassenen Vogelnest.

Das Haus, in dem du nun zum ersten Mal alleine bist, empfängt dich mit einer aufdringlichen Stille. Du drückst Reginas schwelende Kippe aus und siehst dich um. Ohne menschliches Leben stört dich die Unpersönlichkeit der Einrichtung plötzlich; der Eigentümer sitzt jetzt vermutlich auf Aruba im Kasino seines Hotels und spielt Black Jack mit dem Geld, das du in Amsterdam für ihn verdient hast. Was nun? Du machst das Radio an und das Wohnzimmer füllt sich vom Meer her mit einer arabischen Litanei. Aus einer Tüte nimmst du ein Popcorn, das nach ungelüftetem Schlafzimmer schmeckt, und dann entschließt du dich, in der Küche das Geschirr zu spülen – um Regina die Gelegenheit zu geben, dir vorzuwerfen, daß du das Geschirr lediglich spülst, um es ihr unmöglich zu machen, dir vorzuwerfen, du würdest nie das Geschirr spülen. Als du fertig bist, nimmst du wider besseres Wissen den dicken südamerikanischen Roman, den du im Urlaub lesen wolltest, und den du noch nicht angerührt hast. Der sparsame Gebrauch von Dialogen macht einen angenehmen Eindruck auf dich, aber der Lärm draußen macht dich unruhig. Nach einer Viertelstunde machst du das Buch zu und siehst dich wieder um. Morgen mittag geht die Maschine. Du bist schon nicht mehr ganz da, du merkst, daß du dich zwingen mußt, nicht schon mit dem Packen anzufangen. Du beschließt, zum Strand zu gehen.

Den Wind im Rücken und mit flatternden Hosenbeinen, läßt du dich durch den Staub vorwärtsschieben. Die Blätter der Palmen winken wie das Haar von Frauen, die ihren in den Krieg ziehenden Männern nachsehen. Dann fällt dein Blick auf eine große, gelbe Wespe, die an der Hecke einen dicken Wurm angreift; sich windend versucht das Tier, sich den Mörder vom Leib zu halten, aber es hat keine Chance. Mit verzogenem Gesicht schaust du zu – und vielleicht kommt es durch den Tumult des Sturmes, daß du den Anblick plötzlich nicht mehr ertragen kannst. Mit beiden Händen nimmst du einen großen Stein, den du kaum heben kannst, und zerschmetterst das ganze Geschehen. Dein Herz klopft, du hast wirklich eingegriffen. Der Parkplatz vor dem Hotelgebäude ist leerer als sonst. Das Tosen des Meeres schwillt an, während du an der Küche vorbei zur Terrasse gehst – und dann zeigt die grünblaue See der letzten Wochen plötzlich ihre wahre Natur.

Mit wilden Schlägen, die klingen wie kolossale Baumstämme, die von einem Tieflader rollen, schlagen die hohen grauen Wellen auf den Strand, der Sturm fängt das aufsprühende Wasser auf und treibt es in breiten Nebelgardinen an der Flutlinie entlang, während die Sonne prächtige Farben hineinhängt. Bis zum Horizont bläst der Wind weiße Schaumkronen auf die heranwalzenden Wellen, die aussehen wie auf- und untertauchende Gruppen von weißen Walen. Die Szenerie erfüllt dich mit einem befreienden Wohlbehagen. Wie im Galopp zerren die Ausflugsboote an ihren Leinen, alle mit dem Bug in die Richtung, aus der der Wind kommt. Einige Surfer haben die Herausforderung angenommen, weiter draußen rast ein Motorboot in hemmungslosen Kapriolen über die Wellen und wird bei jedem Sprung fast umgeblasen; in der Hoffnung, daß genau das passiert, schauen sich auch noch andere die Szene an, aber es passiert nicht. Trotz des staubenden Sandes ist der Strand voll, die Sonnenschirme sind geschlossen, barbusige Frauen rennen hinter davonfliegenden Luftkissen her, und Kinder lassen sich jubelnd von der Brandung umwerfen und an Land spülen. Die *Anything Goes* ist verschwunden. Als du die leere Stelle siehst, fühlst auch du dich noch verlassener.

Doch da du nun einmal hier bist, bestellst du dir auf der Terrasse, die durch das Hotel und die Pinien einigermaßen geschützt ist, ein leichtes Mittagessen. Während du deinen Salat ißt und eine kleine Karaffe Weißwein dazu trinkst, kannst du deinen Blick nicht vom Meer lösen. Du willst dorthin, hinein, als ob es dir gerade in diesem gewaltsamen

Zustand gut tut, dich reinigen und dir an diesem letzten Tag die Kraft geben würde, die kommende Saison zu überstehen, zu Hause und in deiner Arbeit.

Du bezahlst bei dem französischen Jungen in Bermudas, der hier den Ober spielt, und holst deine Taucherausrüstung. Als du an dem Stein vorbeikommst, drehst du ihn mit dem Fuß zur Seite. Hunderte von Ameisen tummeln sich aufgeregt in der nassen, zermanschten Masse; in dem kurzen Augenblick, in dem du zusiehst, beobachtest du, wie ein Wespenflügel aufrecht wie ein Surfsegel weggetragen wird. Zu Hause ziehst du deine Badehose an und bindest dir deine wasserdichte Uhr, deinen Kompaß und deinen Tiefenmesser um die Handgelenke, obwohl du nicht vor hast, richtig zu tauchen; du kontrollierst den Druck des Atemluftgerätes und gehst sofort an den Strand zurück.

Als ob du es eilig hättest. Am Strand stellst du sorgfältig deine Espadrilles auf das Handtuch, mit dem du dich nachher abtrocknen möchtest, und legst den Zylinder und den Bleigürtel an. Auf einmal drehst du dich kurz um, als ob du noch einmal Regina, Ida und Dick zuwinken wolltest, aber die fahren jetzt hoch und weit weg durch die Hügel. Du begegnest nur dem Blick eines langen, hageren Mannes mit wehendem weißem Haar, der dich in der stechenden Sonne durchdringend ansieht.

Du gehst auf das Meer zu. Die letzten, schweren Schritte machst du auf dem nassen Sand, der dort, wo du deine Füße hinstellst, bleich wird, als ob daraus das Blut verschwände. Du spuckst auf die Innenseite der Tauchermaske, schmierst deinen Speichel über die Scheibe, spülst sie kurz aus und setzt sie auf; du nimmst das Mundstück zwischen die Zähne, ziehst die Schwimmflossen an und machst noch einige hohe, flatternde Schritte. Dann, als du bis zu den Knien im Wasser stehst, wo der Grund plötzlich jäh abfällt, drehst du dich um, hältst mit beiden Händen die Brille fest und läßt dich rückwärts in die konkave Höhle einer brechenden Woge fallen wie in ein aufgesperrtes Maul.

Schwerelos, schwebend und einige Dutzend Zentimeter unter der Oberfläche schwimmst du mit ruhigen Schlägen der Flossen durch die Brandung, wo nichts anderes zu sehen ist als rollende Wolken aus wirbelndem Sand und Tang. Das Wasser ist kälter als in den vergangenen Wochen; es kommt durch den Seegang aufgewühlt und zur Küste gedrängt, aus tieferen Schichten. Umgeben vom Meer und für niemanden sichtbar, versinkt dein Körper auch für dich in Vergessenheit: Adieu, da gehst du hin, vierzig Jahre alt. Unter Wasser ist das Wasser kein Wasser mehr, sondern blaues Licht, das immer blauer und dunkler wird, mit schrägen Strahlen des Sonnenlichts, die aussehen wie zwischen dem Boden und dem undurchdringlichen, blendenden, schwankenden, Luftblasen versprühenden Dach herumtanzende Orgelpfeifen. Der Sturm, das Anrollen der Wellen, der gesamte Einbahnverkehr ist verschwunden, statt dessen spürst du ein rhythmisches Hin- und Herwiegen, wie wenn eine Mutter auf einer Parkbank gedankenverloren ihr Kind im Kinderwagen schaukelt. Da liegt ein Autoreifen zwischen den Seesternen und winkenden Seelilien, hier und dort eine Flasche; würdig schwimmen die

Fische um ein großes, durchsichtiges Stück Plastik herum, das vertikal im Wasser steht wie ein Wesen aus einer anderen Welt. So schwebst du fort, mit langsamen Schlägen, die du fast unbewußt machst, und fühlst dich glücklich.

Natürlich zeigt das, wie unglücklich und einsam du bist. Es gibt Regina, es gibt deine Kinder, deine Freunde und Kollegen: alles gut und schön, solange du noch unsterblich warst. Aber seit einiger Zeit steht fest, daß du sterben wirst, es tut mir leid, daß ich es bestätigen muß (es macht mich selbst ganz traurig), du wirst sterben wie jeder andere auch; und daß du lebst, bedeutet nicht nur, daß du existierst, sondern daß die Welt existiert: sie wird mit deinem Tod verschwinden, und für dich wird es sie dann nie gegeben haben, wie es sie inzwischen für Milliarden von Menschen nie gegeben hat. Aber wenn es so ist, daß es sie immer wieder nicht mehr gibt, hunderttausende Male am Tag, dann ist ihre ewige Abwesenheit von Natur aus in sie eingepflanzt wie ein tödlicher Virus in einem Zellkern, und dieser Virus bist in diesem Fall du, darüber sind wir uns einig geworden. *Von Geburt an haben Sie die Welt durch Ihren Tod erschaffen* – vielleicht wäre das etwas für die Broschüre einer Krematoriums-Kooperative? Ununterbrochen entstehen und untergehen: die Welt ist wie ein flackernder Film der Brüder Lumière. Was hältst du denn von: *Die Eigenart der Welt ist, daß es sie nicht gibt.*

Kannst du mir noch folgen? *Death style*. Einst hattest du die Illusion, daß du dich mit Liebe und Vaterschaft gegen den katastrophalen, unwiderruflichen Weltuntergang wehren könntest; aber der Gedanke war nur möglich durch die Tatsache, daß du damals noch in einer bodenlosen Unwissenheit über die eigene Vernichtung befangen warst. Oder wäre das ganze weniger niederschmetternd, wenn deine Ehe besser liefe? Vielleicht, ich weiß es nicht; das haben wir auf jeden Fall nicht vereinbart.

Beherrscht atmend und fortschwankend durch das blaue Element, in dem es nie weht und nie regnet, sinkst du nun auf eine Tiefe von zwei Metern, während du schnell einige Male schluckst. Obwohl unter Wasser alles besser und früher hörbar ist, bleibst du sicherheitshalber lieber außerhalb der Reichweite des rasenden Motorbootes.

Erinnere dich an diesen Abend mit Regina vor zwölf Jahren: achtundzwanzig warst du damals erst. Mal hattet ihr etwas miteinander, mal wieder nicht; aber wenn ihr auseinander wart, wart ihr doch zusammen, und wenn ihr zusammen wart, wart ihr auseinander. Da du außerdem der Meinung warst, daß du durchaus noch einige andere Freundinnen beglücken könntest, deren Telefonnummern verstreut in deinem Notizbuch standen, brannte sie eines Tages mit einem dem Alkohol verfallenen Oboespieler durch, den du ihr in der Künstlervereinigung, in der du damals Mitglied

warst, vorgestellt hattest. Nach Paris natürlich.
Der Gipfel der Originalität! Auch er hatte ihre
Kaschmirhaut entdeckt und bespielte nun mit seiner trainierten Zunge und seinen geübten Fingern
ihr großes Instrument. Wie eine Axt schlug die Verzweiflung in deinen Schädel, und mit dieser Axt im
Kopf liefst du damals herum, und wurdest von allen ausgelacht; du hast nicht mehr gegessen und
nicht mehr geschlafen, du bekamst Schwindelanfälle, du meldetest dich krank. Weinend sahst du
dich im Badezimmerspiegel an. Dein Schatz! Sie
hatten dir deinen Schatz weggenommen! Erst jetzt
wurde dir klar, was sie dir offenbar bedeutete. Einundzwanzig war sie, Fotomodell mit Abitur, kam
frisch aus ihrem Bourgeoisienest in der Provinz,
Villa mit Garten, und war noch völlig verpuppt. Ja,
darin lag natürlich eine erbarmungslose Kraft. Was
sie in ihrer kindlichen Unschuld tat, hätte nicht
durchtriebener sein können; und später (als es ihr,
noch viel schlimmer, sogar schon egal war, wenn du
mit einer anderen ins Bett gingst) überlegtest du
manchmal, daß diese Tatsache dich eigentlich hätte
warnen sollen vor dieser Wespe, die da aus der
Puppe zum Vorschein kommen würde. Schon bald
kam dir zu Ohren, in welchem Café sie normalerweise mit ihrem heruntergekommenen Musiker
verkehrte, der einen Kopf kleiner war als sie – und
zwei kleiner als du, auch das noch. Es war eine
Künstlerkneipe auf dem Montparnasse, wo sie als

»Queenie« bekannt war. Queenie! Diese Schufte! Drei-, viermal am Tag riefst du an, flehtest, drohtest, argumentiertest; und nach einer Woche, als du schließlich ratlos und aus einem Selbsterhaltungstrieb versprachst, sie zu heiraten und ihr ein Kind zu machen, gab sie endlich nach.

Es regnete, als du eine Stunde zu früh zum Bahnhof fuhrst, um sie abzuholen. Erinnerst du dich: alleine und unsicher hast du auf dem kalten, zugigen Bahnsteig gestanden, ausschließlich in Gesellschaft von grauen Fliesen, von Gußeisen und von Gesichtern, die aus dem gleichen Material zu sein schienen. Aber als der Zug langsam einfuhr und du sie lachend aus dem Fenster eines Abteils gebeugt sahst, brachen doch noch alle Symphonien los, in denen der zurückgelassene Oboespieler jemals seinen Part geblasen hatte. Der Triumph deiner Niederlage! Die volle, naß glänzende Stadt, dein Arm um ihre Schulter, in der anderen Hand ihr Koffer; die vernagelten Gesichter der Passanten, die dich jetzt nicht mehr bedrohten, sondern willkommen hießen, wie ein Gemälde seinen Rahmen willkommen heißt und damit erst zum Gemälde wird. Du hattest in einem Fischrestaurant einen Tisch reserviert, im ersten Stock, wo ihr Langusten aßt und Chablis trankt, mit Aussicht auf einen belebten Platz. Da saß sie, dir gegenüber, wie eine Kostbarkeit, mit ihrem langen, damals noch dunkelblonden Haar über den schmalen Schultern, mit ihren großen, blauen, leicht schräg stehenden Augen in ihrem frischen Gesicht – diese Madonnenmaske, die innerhalb von fünf Jahren diesen unbarmherzigen Zügen Platz machen sollte, die sie speziell für dich reservierte. Da du keine Schwestern hast, dauerte es lange, bis du entdecktest, wie herzlos und vulgär auch Frauen sein können; diesen Schock hast du eigentlich nie richtig verwunden, du kannst es eigentlich immer noch nicht glauben, obwohl sich deine Entdeckung wiederholte, als deine Tochter größer wurde. Vielleicht ist das der Grund, weshalb Frauen, mit denen du nicht verheiratet bist, normalerweise auf dich fliegen.

Aber vorläufig war alles nur Milch und Honig, und Chablis natürlich, und dann noch mehr Chablis. Niemand in dem Restaurant war reicher als du: du hattest die Unschuld erobert! Warst du jemals glücklicher als an jenem Abend? Das darfst du natürlich nicht vergessen. Bis in ihren äußersten Winkel war die Welt warm und verläßlich, es war eine neue Welt, und ausschließlich die eure, eine, die vorher nie existiert hatte und nie mehr existieren würde. Ihr gingt in dein Zimmer, du zogst die Vorhänge zu, zündetest Kerzen an und legtest eine alte Single auf von einem Liedermacher, der ein wenig zu schwermütig vom Tod Che Guevaras sang. Das war wieder ein völlig anderer Mensch als du es warst, nicht in dem Maße in der Werbung tätig; aber gerade diese Schwermut verband dich mit den

Jahren, in denen du als junger Mensch so unheimlich viel Spaß an der Revolution auf der Straße gehabt hattest. Davon wußte Regina schon kaum mehr etwas, und das machte dich fast um eine Generation älter als sie. Mit dem Schalter auf *Repeat* erklangen nach den letzten Tönen der Platte immer wieder die ersten, aber nun nicht mehr als die ersten, der Song verwandelte sich nach einer halben Stunde, nach einer Stunde in einen elegischen Klagegesang, der nichts mehr mit Text oder Melodie zu tun hatte: in eine hypnotisch ewige Wiederholung, die die Zeit in deinem Zimmer vernichtete. Worüber ihr euch unterhieltet, weißt du nicht mehr, eng umschlungen schwiegt ihr meistens; ihr zogt einander aus und glittet auf den Boden, wo ihr schreiend und mit verdrehten Augen völlig versankt und ein Wesen wurdet. Ihre Waden wuchsen aus deinen Schultern, und der Orgasmus, in dem ihr schließlich verschmolzen seid, war ein so tiefer Fall zum Mittelpunkt der Erde, daß du nur noch eines wußtest, ehe du einschliefst: Das hat eingeschlagen. Es wird ein Kind.

Als du mitten in der Nacht ausgekühlt aufwachtest, stecktet ihr noch ineinander. Die Kerzen waren heruntergebrannt, aber El Che starb immer noch ununterbrochen in Bolivien seinen wehmütigen Tod. Du zogst dich aus ihr heraus, und schleiftest sie, ohne daß sie etwas davon merkte, wie ein Mörder über den Boden und in das Bett, aber du hattest nicht mehr die Kraft, den Plattenspieler auszuschalten. Am nächsten Morgen wurdest du geweckt von einem Müllauto, das mit viel Lärm seine Ladeeinrichtung hochstellte: noch immer hing das Lied des Guerilleros im Zimmer, in das jetzt durch die weißen Vorhänge helles Licht hereinkam. Erschrocken, als ob du vergessen hättest, den Herd auszuschalten, stiegst du aus dem Bett und stelltest den Schalter auf *Stop*.

Wie ein Engel schwebst du in eine immer höher werdende Kirche. Der felsige Boden ist nun bedeckt mit bizarren Gewächsen, die wie Eingeweide aussehen, Leber, Nieren, Gewebe, die aussehen wie durch ein Elektronenmikroskop betrachtet. Dazwischen liegt ein umgekipptes, eisernes Wrack eines kleinen Bootes, gut fünfundzwanzig Meter tief, wie es scheint: in Wirklichkeit also ungefähr fünfunddreißig. Du wirfst einen Blick auf deinen Kompaß und schwimmst parallel zur Küste weiter. All die Prozentsätze, Tabellen, Orientierungslinien, unter Umständen eine Frage auf Leben und Tod, hast du parat.

Diese Axt in deinem Schädel, woher kam die? Regina war schön, aber das war ihr Beruf, sie war lieb, aber das war ihr Alter: es gab noch Hunderttausende, die so waren, allein schon in den Niederlanden, und unter den Hunderttausenden befanden sich mit Sicherheit zahllose Frauen, die intelligenter und interessierter waren als sie, und die, wenn sie etwas älter wurden, bei guten Fernsehsendungen nicht einfach einschliefen, bei stumpfsinnigen Shows oder amerikanischen Serien aber hellwach blieben. Warum brachte ausgerechnet sie dich so zur Verzweiflung? Offenbar ging es dir nicht um Intelligenz oder Interesse. Hattest du vielleicht das Gefühl, daß niemand besser für deine Kinder sorgen könnte? Steckte vielleicht sogar deine Tochter dahinter, die geboren zu werden wünschte? »Dies ist eine gebärende Frau«, sagte die Oberschwester, als sich Reginas Schreie von eurem ersten Abend wiederholten; das Fruchtwasser war grün, zitternd standst du dabei, als dein Kind, dieser kleine Tyrann, zwischen ihren Beinen aus Platos Grotte erschien, – oder besser: in Platos Grotte. Dieselbe Nase, derselbe Mund wie deine Mutter; niemand sonst, der das sah. Aus dir wurde ein Vater gemacht. Geschäftige Gestalten, die vage für dich blieben wie in einer Geschichte von jemand anderem, banden die Nabelschnur ab, und die soundsovielte Welt war geboren, um zu sterben. Du standst mit dieser Welt in den Armen da, mit diesem einen Ding, das ihr an dem Abend gewesen wart, dem duftenden Liebling, und du dachtest: Nach mir, bitte, nach mir.

Aber das, woran du denkst, dort, unter Wasser, ist etwas anderes; du fragst dich, wie es weitergehen soll. Vorläufig gehen die Kinder noch zur Schule, und Regina und du seid euch unausgesprochen einig, daß sie in einer intakten Familie aufwachsen sollen. Manchmal kommt dir der Gedanke an Scheidung, sie kommt dir vor wie eine große Erlösung, aber dann verschwindet dieser Gedanke wieder, – auch aus Bequemlichkeit natürlich. Nur, wie soll es weitergehen, danach, wenn sie aus dem Haus gehen und alles mitnehmen, was jemals zwischen euch gewesen ist? Dann bindet euch nichts mehr aneinander, dann *seid* ihr geschieden, und die Trennung ist nur noch die Besiegelung dieser Tatsache. Und dann? Regina, die mit deinem Geld eine Modellagentur aufzieht, und du – fünfzig bis dahin –, der wie früher wieder in die Kneipe geht in der Hoffnung, vor Mitternacht einer Frau tief in die Augen gesehen zu haben, – mit der Folge, daß du oft bis drei, vier, fünf Uhr in immer hoffnungsloserer und zweifelhafterer Gesellschaft verkehren wirst, um schließlich dann doch durch die leeren Straßen zu gehen und meistens alleine dein Bett aufsuchen zu müssen, mit vom Lärm tauben Ohren, gebrochen vom Alkohol und mit Ekel vor dir selbst. Und dich dann verzweifelt in deinem stillen Haus umsiehst und manchmal wieder auf die Straße gehst, weil du dir plötzlich sicher bist, daß sie gerade vorbeigeht, – sie, die dich auch sucht: groß, mit üppigem, kastanienbraunem Haar, breiten Hüften und einem stolzen Blick, sie, die durch unvorhersehbare Umstände keinen Platz zum Schlafen hat? Wonach du, weil nur Abschaum herumlungert in der anbrechenden Morgendämmerung, von einer Telefonzelle aus Regina anrufst, die nicht abnimmt, und dann eine Freundin, die verschlafen sagt, daß sie jetzt schläft und morgen früh raus muß? Du mußt auch früh raus, verdammt noch mal! Aber als du den Schlüssel schon ins Schloß gesteckt hast, ziehst du ihn wieder heraus, steigst in deinen Jaguar und fährst mit einem zugekniffenen Auge zu der Straße, wo jetzt nur noch mit einem hochgezogenen Bein an die Fassaden gelehnt die Heroinnutten stehen. Du hältst, und während so ein ausgezehrtes Ding mit faulen Zähnen einsteigt, siehst du dich ängstlich um, ob du nicht gesehen wirst – zum Beispiel von Dick oder Ida, die von einer Fete kommen. Die Straßen füllen sich bereits mit Menschen, die zur Arbeit gehen, und halb außerhalb der Stadt, hinter einer verlassenen Gasfabrik, läßt du dir einen runterholen, denn mehr als das ist zu gefährlich, – und schon *während* es dir kommt, würdest du lieber kotzen.

Ja? Muß es so gehen? Schiefe Blicke von hundertfünfzig Menschen, deren Direktor du bist, wenn du um zwölf Uhr endlich erscheinst, tadellos gekleidet, alles maßgeschneidert, Anzug, Hemd, Schuhe, nur die Haut unter deinen Augen nicht. Man versucht bereits, dich aus dem Büro zu verdrängen, langsam wirst du von der folgenden Generation abgeschoben; und wenn du einmal zusammengeschlagen und ausgeraubt wirst, läßt du dich freikaufen und denkst mit einem Haufen Geld im Kreuz über diese groteske Weltfabel nach, die du einmal hattest schreiben wollen. Und dann erhängst du dich mal zur Abwechslung. Aber was hat das alles dann genützt? Könnt ihr trotz allem nicht doch lieber zusammenbleiben, auf der Grundlage dessen, was einmal war – Queenie, Che –, euch einen Hund zulegen und versuchen, das Beste daraus zu machen? Du mußt mit ihr über alles reden, an diesem letzten Abend auf Kreta. Ausbrechen, alles, alles verändern!

In diesem Augenblick siehst du weit unter dir, zwischen Korallenriffen, in der tiefblauen Dämmerung einen Stein, der sich von den anderen Steinen und Felsen unterscheidet. Eine längliche, weiche Form, die etwas ausstrahlt, das dich trifft, ohne daß du ihm weiter Beachtung schenkst. Als du dieses Gefühl einige Meter weiter wieder hast, kehrst du um und schaust noch einmal richtig nach. Das Ding hat eine bizarre Form, aber eine, die auf irgendeine Weise in einem harmonischen Gleichgewicht ist, wie ein abstraktes Kunstwerk der Natur. Du überlegst, ob du den Stein hochholen sollst, um ihn am Strand aufzustellen, beim Baumstrunk, wo er dann für immer liegen wird. Als Geschenk für deinen griechisch-amerikanischen Gastgeber. Der Stein scheint einen Meter lang zu sein, also wird er gut einen halben Meter messen. Dann denkst du an die Mühe, die es kosten wird, ihn hochzubringen, an die Schlepperei aus der Brandung an Land; du beschließt, die Sache besser zu vergessen und schwimmst weiter. Aber es läßt dich nicht los und kurze Zeit später kehrst du mit einem Gefühl der Ungeduld über deine eigene Unschlüssigkeit zum zweiten Mal um. Der Stein hat sich bereits in dir festgesetzt. Auf jeden Fall wirst du ihn dir kurz ansehen – auch wenn Regel Nummer 1 im Tauchsport lautet, daß man nie ohne Gesellschaft tauchen darf. Du stellst den Ring an deiner Uhr ein und beginnst zu sinken.

Vorschriftsgemäß schluckst du ununterbrochen, regulierst mit einem kurzen Luftstoß aus der Nase regelmäßig den Druck deiner Maske, und schwimmst mit kräftigen Schlägen nach unten in das ruhiger werdende Wasser. Als du eine Tiefe von zehn Metern erreicht hast, weißt du, daß sich der Druck nun verdoppelt hat. Es ist, als ob ein schnell immer kühler werdender Abend hereinbricht; da du jetzt den Bereich des hydrostatischen Gleichgewichts verlassen hast, sinkst du wie von selbst weiter nach unten. Du läßt den Stein nicht aus den Augen – und als du auf zwanzig Meter Tiefe bist, breitest du plötzlich Arme und Beine aus, so daß du fast zum Stillstand kommst. Was dort zwischen rundlichen Korallen mit bizarren Labyrinthmotiven und riesenhaften Auswüchsen, die wie Gehirne aussehen, liegt, ist gar kein Stein. Es ist eine Statue.

Ohne etwas zu tun, läßt du dich die letzten Meter mit angehaltenem Atem sinken, bis du nach einer halben Minute mit dem Bauch auf dem Tang innehältst. Eine junge Frau. Eine schlafende junge Frau von klassischer Schönheit, ihr gedrehtes Haupt ruht auf ihrem Arm. Im tiefblauen Licht ist der Stein bräunlich, also vermutlich rötlich. Um die

Statue nicht zu verlieren in dem Sand, den du hier in der regungslosen Stille aufgewirbelt hast, legst du sofort die Hände darauf. Marmor. Marmorne Brüste, die vollkommene Wölbung ihres Rückens, der Hüfte, der Oberschenkel. Es ist ein Gefühl, als ob du betrunken wirst. Nichts ist beschädigt, Nase, Hände, Zehen, alles ist intakt. Nachdem sie Tausende von Jahren hier an dieser Stelle gelegen hat, während sich inzwischen die Weltgeschichte abspielte, bist du nun der erste, der sie wieder sieht. Mit langsamen Bewegungen deiner Schwimmflossen kreist du in der tiefen, kalten Dämmerung um das Bild – und dann siehst du plötzlich, daß es nicht nur eine junge Frau ist, sondern auch ein junger Mann. Die Schlafende hat einen Penis zwischen ihren Beinen: klein und bescheiden, aber ohne daß ein Mißverständnis möglich wäre. Ein Hermaphrodit!

Du möchtest dir die Maske vom Gesicht reißen, um das Wesen besser betrachten zu können, so aufgeregt bist du. Du hast einen unbeschreiblichen Fund gemacht! Dir ist jetzt etwas passiert, was nur einmal im Leben geschieht, und in den meisten Leben nie. Was nun? Natürlich muß die Statue nach oben – aber dann? Sobald du damit am Strand erscheinst, wirst du gesehen; die Polizei kommt, ein Konservator des Museums in Iráklion, und dann kannst du dich sofort wieder von deinem gerade gefundenen Schatz verabschieden. Du willst ihn behalten, mitnehmen nach Amsterdam, nach Hause – nicht wegen des Wertes, sondern weil es ist, was es ist. Aber wie? Die Ausfuhr von antiken Gegenständen ist natürlich strengstens verboten, eine Statue mit dem Flugzeug außer Landes zu schmuggeln ist viel zu riskant; außerdem ist sie dafür zu schwer. Wäre die *Anything Goes* doch noch hier! Dann könntest du sie irgendwo in einer Felsspalte verstecken, am Fuß einer steilen Klippe, um sie heute noch mit Kruimeltje zu holen, in seinem über das Wasser jagenden Motorboot; auf der Yacht würde es dann wohl einen Platz für sie geben. Aber wenn du in einigen Wochen mit dem Auto nach Südfrankreich fahren würdest, um sie zu holen, würde er dich mit Sicherheit anschauen mit genau dem unschuldigen Gesicht, das nur ein Verbrecher machen kann: Statue? Was für eine Statue? Ich weiß nicht, wovon du sprichst. Was könntest du, selbst ein Dieb, dagegen unternehmen? Einige Monate später würdest du in der Zeitung lesen, daß in London, bei *Mendelejev Fine Arts*, ein vollkommener Hermaphrodit unbekannter Herkunft aufgetaucht sei, der für einen Millionenbetrag von einem anonymen Zeitungsmulti gekauft wurde.

Aber die *Anything Goes* ist bereits auf halbem Wege nach Ägypten und kämpft gegen den Scirocco an – vielleicht werden die Passagiere gerade von den Leibwächtern auf dem Achterdeck in Schach gehalten und das gesamte Geld und alle

Juwelen in drei orangen Plastikeimern eingesammelt, während Kruimeltje, der es sich in der Steuerkabine bequem gemacht hat und in der einen Hand ein Glas Champagner und in der anderen eine Pistole hält, der Besatzung seine Befehle erteilt. Du siehst es alles vor dir, während deine Hände die Statue nicht loslassen. Der Funker meldet die Bedingungen der Gangster dem Kapitän der amerikanischen Fregatte, die, beschattet von einem Kreuzer der sowjetischen Marine, Kurs auf die entführte Yacht samt ihrer reichen Beute genommen hat...

Und als du daraufhin auch noch kurz das Mundstück aus dem Mund nimmst, und, von den Fischen beobachtet, die Figur küßt, wird dir plötzlich klar, daß etwas mit dir nicht stimmt. Soeben hast du einige Male den Atem angehalten, und du tauchst lang genug, um zu wissen, daß du vielleicht wirklich betrunken bist, daß du dich in der Anfangsphase einer Stickstoffnarkose befindest. Du mußt sofort nach oben, und die Figur auch; du wirst schon sehen, was du damit machst, wenn es sein muß, kommt sie eben ins Museum:

Hermaphrodítos Kritkós – in der Bucht von Mirabello geborgen von Dick Bender, einem führenden niederländischen Marketing Manager, Sporttaucher und Vater zweier Kinder, über dessen Leben der Schatten der Ehe fiel. Mann und Frau sollten ein Fleisch sein, aber Benders Ehefrau, eine gewisse Regina, auch Queenie genannt ...

Du spürst wieder, wie du dir selbst entgleitest; mit Gewalt zwingst du dich, vernünftig zu handeln. Du schaust auf die Uhr und auf den Tiefenmesser: seit gut acht Minuten bis du auf dreiunddreißig Meter, das muß reichlich innerhalb der Nullzeit sein, so daß du beim Aufsteigen keine Dekompressionsstops einzulegen brauchst, auch wenn der Druck hier mehr als viermal so hoch ist wie an der Oberfläche. Sicherheitshalber rechnest du mit der Neunzig-Nullzeitregel nach: 2 × 33 = 66; macht eine Nullzeit von 90 - 66 = 24 Minuten. Keine Gefahr. Du stellst deine Uhr von neuem ein: da du nicht schneller steigen darfst als maximal achtzehn Meter pro Minute, mußt du zwei Minuten rechnen. Du schnallst deinen Bleigurt ab –, den ein anderer hier in einigen tausend Jahren finden darf, – hebst die Figur aus dem Sand und nimmst sie in die Arme, was mit der Hilfe von Archimedes ohne größere Mühe geht. Du atmest tief ein, beugst die Knie, stößt dich kräftig ab und arbeitest sofort mit den Schwimmflossen, um durch die Zone der negativen Schwimmfähigkeit zu kommen.

Während das Wasser allmählich wärmer und heller wird, hältst du deinen Blick benommen auf die Instrumente an deinen Handgelenken gerichtet: du bist genau in der Zeit, gut drei Sekunden pro Meter, auf gleicher Höhe mit den mittelgroßen Luftblasen, die du ausatmest. Aber während du die Figur an die Brust drückst, siehst du mit einem Gefühl des Glücks ununterbrochen ganz andere Zeiger vor dir, an die du seit dreißig Jahren nicht mehr gedacht hast: es ist ein Geschenk deines Vaters zu deinem zehnten Geburtstag, eine Armbanduhr mit einem fluoreszierenden Zifferblatt. Abends im Bett hast du die Decke über den Kopf gezogen, die Uhr einige Sekunden unter die Leselampe und dann schnell vor die Augen gehalten. Das zugleich hell und schwach leuchtende Gelbgrün der Zeiger und Ziffern, das geheimnisvolle, stille Strahlen, mit dem du allein warst: es rief eine kleine Ekstase in dir hervor, nach der du ein wenig süchtig wurdest. Die Leuchtintensität nahm zuerst schnell ab, dann langsamer, nach einigen Minuten hatten sich die beiden Zeiger, im Kranz der Zahlen von 1 bis 12 fast ganz zurückgezogen in eine nahezu unsichtbare Ferne. Mit dem Kopf unter der Decke hieltest du die Uhr wieder unter die Lampe, und da war es wieder, das Leuchten in voller Pracht. Uhren, bei denen Radiumfarbe verwendet worden war, das wußtest du, brauchten nicht einmal ins Licht gehalten zu werden, waren aber viel zu teuer. Du konntest nicht aufhören mit diesem Uhrenspiel, obwohl du am nächsten Morgen früh aufstehen mußtest, um zur Schule zu gehen – es war, als ob du durch diesen Schein, mit dem niemand sonst etwas zu tun hatte, zum ersten Mal erfuhrst, daß es dich gab, daß es dich gab in einer großen Welt voller Geheimnisse ...

Als du auf zehn Meter bist, spürst du wieder die Turbulenzen, und wirst nun von selbst hochgeschoben, so daß du bremsen mußt, um gleichmäßig in der Zeit zu bleiben. Horchend, mit langsamen

Drehungen um die eigene Achse und ab und zu einem Blick nach oben, näherst du dich der aufgewühlten Oberfläche. Deine Benommenheit nimmt zu, aber du bist nun fast da; das Bewußtsein, daß du die Figur gleich bei Tageslicht sehen wirst – und das Tageslicht die Figur und die Figur das Tageslicht —

Du durchbrichst die Oberfläche, und im blendenden Sonnenlicht und dem Lärm des Sturms, der über die schäumenden Wellen jagt, drehst du dich schnell einmal um die eigene Achse. Nirgends ein Boot – aber in einigen hundert Meter Entfernung siehst du ein Flugzeug, das in einem Bogen von der Küste her auf dich zuhält: ein plumper, zweimotoriger Hochdecker, knapp über den Wellen. Er fliegt tatsächlich in deine Richtung, und um nicht gesehen zu werden, tauchst du sofort wieder unter. Hin und her geworfen wartest du erschrocken in einem Meter Tiefe, bis das Flugzeug vorbei ist. Aber kurz darauf bricht mit einem gewaltigen Schlag etwas in das Wasser ein, eine Höhle, ein Maul, es geschieht zu schnell, um sehen zu können, was es ist. In heller Panik versuchst du, ihm zu entkommen, die Figur entgleitet dir, du greifst danach, aber dann hat dich plötzlich etwas verschluckt und mitgenommen.

LUFT

Auf was, um Himmels willen, hast du dich da eingelassen? Du sitzt ruhig in deinem Sessel und liest...

... und erstickst zugleich fast in der Finsternis, deine Brille ist verschwunden, der Schlauch des Atemgerätes bei dem Schlag aus dem Mund gerissen, aber du bist noch immer unter Wasser, das brüllt vom Motorenlärm. Instinktiv und halb betäubt arbeitest du dich nach oben, dein Kopf stößt an Metall, aber dort ist Luft. Du erbrichst dich beinahe, so sehr hustest du dir das Salzwasser aus den Lungen, und es ist, als ob du nicht mehr auf der Welt seiest, sondern in einer anderen. Was mit dir geschieht? Die Maschine schüttelt und stampft im Sturm, das Wasser schlägt nach allen Seiten, so daß du immer wieder etwas schluckst. Du hältst dich an einem Vorsprung fest; durch einen Spalt zwischen den Metallplatten, durch den Luft pfeift, kommt Licht. Du siehst, daß du dich in einem länglichen Behälter befindest. Es kann nicht anders sein, als daß du festgenommen worden bist. Auf irgendeine Art und Weise, vielleicht mit Ultraschall, wurde entdeckt, was du mit der Figur (die inzwischen auf den Meeresgrund zurückgesunken ist) gemacht hast; das patrouillierende Flugzeug wurde sofort zu der Stelle dirigiert, an der du auftauchen mußtest. Was sollst du davon halten? So fangen sie Taucherdiebe – etwas anderes kann es kaum sein. Wohin bringen sie dich? Du ziehst dich an einem Bolzen hoch und siehst durch den Spalt. Unter einem Flügel hindurch erkennst du, daß du in einer Maschine bist, die landeinwärts fliegt, nicht höher als zehn oder fünfzehn Meter: du siehst gerade noch den Strand, Menschen, die heraufschauen, die winkenden Palmen, das Hotel, deinen eigenen Bungalow und dann die kahlen Hügel. Nachher wirst du auf einem kleinen Flugplatz der Polizei landen, wo sie auf dich warten. Oder vielleicht auf einem Fliegerhorst, dem der NATO; vielleicht halten sie dich für einen Spion, vielleicht ist an der Stelle, wo du getaucht bist, etwas Geheimes installiert, ein Gerät, um U-Boote zu lokalisieren oder etwas in der Art – woher auch sollten sie etwas von der Statue wissen? Natürlich, das ist es. Und daß du nicht für die Russen arbeitest, kannst du beweisen, indem du ihnen den Hermaphroditen bringst: der muß wieder aufzufinden sein.

Dein Kopf schwirrt, es ist, als ob dein ganzes bisheriges Leben nicht stattgefunden hätte, als ob es ein Film ist, den du gesehen hast, ein Buch, das du gelesen und nun zugeklappt hast, und dieses Metall, das Wasser und der Lärm hier sind plötzlich die reale Wirklichkeit. Erschöpft hältst du dich am Bolzen fest. Du spürst keine Angst, nur Verwunderung und Betäubung und Schwere. Es war alles nur eine Geschichte, spannend erzählt, so daß du dich vergessen hast. Der Tank ist so groß wie früher dein Kinderzimmer. Dein Klappbett mit dem Rahmen aus Spanplatten und rotbraunen Gardinen. Wenn du morgens die Haltebänder nicht festmachtest, rutschte alles nach unten; wenn du abends die Stahlfüße nicht weit genug nach vorne zogst, rutschten sie weg und du fielst aus dem Bett. Der Rahmen bog sich unter der Last deiner Bücher über Sport, olympische Wettkämpfe, Segelschiffe, Tiefsee-Forschung, Raumfahrt. Dein Aquarium mit den Mondfischen, darauf die Glasplatte, an der immer große, flache Tropfen klebten; der Halter mit dem Rasiermesser, mit dem du den grünlichen Algenbelag vom Glas kratztest. Auf der Fensterbank deine Kakteensammlung in winzigen Töpfchen, widerspenstige, uralt aussehende kleine Kugeln mit weißen Haaren und Stacheln, an asymmetrischen Stellen neue Kügelchen gebärend, die zwar lose, aber doch irgendwie mit dem Stamm verbunden waren. Dein Schreibtisch mit den Schulbüchern, und im Wandschrank dein Spielzeug der letzten Jahre, das für dich schon so alt war wie der Inhalt eines archäologischen Museums. Dein Zauberkasten. Deine Bauchrednerpuppe. Ihr fröhliches, freches Gesicht – hatte sie das auch im Dunkeln, wenn die Schranktür zu war? Wie schnell du die Tür auch öffnetest, sie sah dich lachend an. Aber das bewies natürlich gar nichts. Du hattest ein bißchen Angst vor ihr, und gerade deshalb trautest du dich nicht, sie wegzugeben, obwohl Freunde sie gerne haben wollten. Aber du trautest dich auch nicht mehr mit ihr zu spielen, seit sie einmal, auf deinem Knie sitzend und mit sich auf und ab bewegender Unterlippe, ein Gespräch mit dir geführt hatte, in dem nicht sosehr du sie, sondern sie dich Dinge sagen ließ, die du gar nicht sagen wolltest:

»Hallo, Dick.«
»Hallo, Tom, wie geht's?«
»Gut, und dir? Warum sitzt du hier so alleine?«
»Ich darf nicht aus meinem Zimmer.«
»Warum nicht?«
»Sag ich nicht.«
»Sei kein Frosch. Sag schon, ich bin doch dein bester Freund?«
»Das ist wahr. Papa sagt, daß ich fünf Gulden aus seinem Geldbeutel geklaut habe, während er schlief.«
»Ist das wahr?«
»Ganz und gar nicht!«
»Was für ein gemeiner Schuft.«
»So etwas darfst du nicht sagen, Tom.«
»Warum nicht? Es ist doch wahr.«
»Weil... Ich weiß nicht, aber so etwas darf man nicht sagen.«

»Aber er darf sagen, daß du ein lausiger Dieb bist, obwohl das gar nicht stimmt, oder?«
»Aber wenn er doch denkt –«
»Er kann viel denken. Das nächste Mal denkt er vielleicht, daß du jemanden umgebracht hast.«
»Stimmt.«
»Wenn es nicht wahr ist, was sollen wir dann mit ihm machen, Dick?«
»Wie meinst du das: mit ihm machen?«
»Es stimmt doch nicht?«
»Das schwöre ich.«
»Dann müssen wir ihn umbringen, Dick.«
»Was sagst du da? Papa umbringen?«
»Natürlich. Kopf abhacken.«
»Denkst du wirklich, daß . . .«
»Natürlich. Traust dich wohl nicht, was?«
»Nein.«
»Soll ich es für dich tun, Angsthase?«
»Wer soll denn dann für Mama sorgen?«
»Du natürlich.«
»Aber ich weiß von nichts, ist das klar?«
»Natürlich nicht. Laß mich nur machen.«
»Tu's. Das geschieht ihm recht. Dieser dreckige Schuft. Er hat nichts anderes verdient.«

Du schaust auf die Uhr. An der Einstellung des Ringes siehst du, daß sieben Minuten vergangen sind, seit du dich vom Meeresboden abgestoßen hast; seit fünf Minuten befindest du dich im Flugzeug. Bis zum Nacken im Wasser schaust du wieder durch den pfeifenden Spalt. Langsam steigend, aber die gleiche Höhe zum Boden haltend, näherst du dich den Bergen im Hinterland. Vielleicht bist du gar nicht festgenommen worden, denkst du plötzlich, sondern wirst gerade gerettet. Vielleicht drohte eine Gefahr, immerhin haben dich Leute ins Meer gehen sehen. Vielleicht ist es so etwas wie damals, in Bonassola, in Norditalien, als du an einem heißen Nachmittag mit Regina in aller Ruhe ein Stück ins Meer hinausgeschwommen bist. Plötzlich fingt ihr an zu schaukeln, einen Augenblick lang konnte man weit ins Landesinnere schauen, und schon im nächsten war die Küste hinter einem vorbeiziehenden Wasserberg verschwunden. Später stand in der Zeitung, daß ein Seebeben stattgefunden hatte, bei dem Menschen umgekommen waren; vorläufig jedoch mußtet ihr sehen, nicht dazu zu gehören. Ihr schwammt zurück, aber fünf Meter vor der Stelle, wo die Wellen brachen, hieltet ihr inne: wassertretend saht ihr erst in diesem Augenblick, was los war. Die Wellen waren drei bis vier Meter hoch und brandeten über die gesamte Tiefe des Strandes, bis zur Bahnlinie. In einem totalen Chaos trieb alles durcheinander. Es wurde aufgeregt in eure Richtung gestikuliert und geschrien, aber ihr wart unerreichbar. Da du wußtest, daß in so hohen Wellen manchmal auch Haie bis zur Küste kamen, öffnetest du unter Wasser den Mund und schriest so laut du nur konntest.

»Wir müssen durch«, riefst du Regina zu, »es bleibt uns keine andere Wahl. Geh du zuerst. Roll dich ganz zusammen.«

Du gabst ihr einen Kuß auf die Wange und sahst ihr nach, wie sie plötzlich verschwand in der blauen Wasserwand. Als du auf dem Rücken der nächsten Welle warst, sahst du Menschen nach vorne rennen. Dann versuchtest du es selbst – mit einem einzigen Gedanken: bloß auf keinen Felsen aufschlagen! Du versuchtest im Tal zu bleiben, aber in der Sohle hattest du es nicht mehr in der Hand, du wurdest zurückgezogen, hochgehoben und hineingeschmettert in ein brüllendes Chaos, unzählige Male rotierend wie ein Jojo. Verächtlich wurdest du auf den Strand geworfen; du versuchtest aufzustehen, taumeltest aber wie benebelt und wurdest vom abfließenden Wasser mitgerissen und in die nächste Welle gespült, in der sich das Karussell wiederholte. Auf einmal wurdest du von Händen gepackt und weggezogen, – nackt, genau wie Regina, der es den Bikini vom Körper gerissen hatte, Betäubt, und mit Schürfwunden von Muscheln und Kieselsteinen, küßtet ihr einander, während die Umstehenden applaudierten.

Regina! Irgendwo da unten macht sie mit den Kindern Picknick, vielleicht sehen sie die Maschine über sich hinwegfliegen. Du hast ihnen einiges zu erzählen. Und dann steigt ein Gedanke in dir hoch, der dir neu ist, obwohl er naheliegt: auch Regina ist einmal ein kleines Mädchen gewesen. Während du mit der Puppe schon den Mord an deinem Vater plantest, war sie noch ein kleines, wunderbares dreijähriges Wesen: ein zusammengesetztes Päckchen Unschuld, annähernd menschförmig, mit Augen und Händen und kleinen Schuhen. Auch die größten Schurken der Weltgeschichte waren einmal solche Wesen – liegt darin vielleicht der Urgrund der Liebe? Ist es das, was der Liebhaber später wieder in der Geliebten sieht, oder die Liebhaberin: Eva Braun in ihrem Freund, Regina in dir, du in ihr? Diese ursprüngliche Unschuld, die verborgen ist unter dicken, verhärteten Schichten wie ein fossiler Fisch in einem Stein, aufgesägt von der Liebe? Ist es das? Hat jeder, der von jemandem geliebt wird oder wurde, ein letztes Argument vor dem Himmelstor?

Das ununterbrochene Dröhnen der Motoren auf beiden Seiten des vibrierenden Metallcontainers ist auf dem besten Wege, deinen letzten Widerstand zu brechen. Dein Kinn ist auf die Brust gesunken, du atmest langsam und tief, während deine Augenlider schwer auf und zu gehen. Am Ende des Raumes, bei den klappernden Türen, durch die du offenbar hineingekommen bist, siehst du eine deiner Schwimmflossen treiben; auch die andere sitzt nicht mehr am Fuß. Du würdest gerne dein Atemgerät ablegen, aber du hast dafür nicht mehr die Kraft. Plötzlich fängst du an zu schluchzen. Was hast du verbrochen? Dein ganzes Leben lang bist du doch eigentlich brav gewesen, du hast deinen Vater nicht umgebracht und, soweit du weißt, auch sonst niemandem etwas nicht wieder Gutzumachendes angetan. Auch nie jemanden geschlagen? Soll ich sagen, wen du alles geschlagen hast? Du weißt es. Das Unerträgliche beim Schlagen ist, daß es meistens hilft; darum ist es verboten. Schläge werden manchmal mit Zuneigung beantwortet – wäre es nicht besser, wenn die Welt nicht bestünde? Und selbst – bist du selbst auch geschlagen worden? Ich meine nicht die Ohrfeige von deinem Vater, die du ein paarmal an deine Kinder weitergegeben hast, nein, bist du *geschlagen* worden? Du hast Regina einige Male geschlagen, auch ins Gesicht; aber wenn du sahst, was du angerichtet hattest, ihre gerötete Haut, die gerissenen Ketten, nach denen sie tastete, schlug sie dich heftiger, ohne dich zu schlagen. Blumen kaufen, Blumen kaufen! Wieder gutmachen!

Und übrigens, wo ist Tom geblieben? Eines Nachts, vor fünf Jahren, brachte dein Vater einen Brief an das Patentamt in Den Haag zum Briefkasten: noch vertieft in seine Erfindung wurde er von einem Auto erfaßt und war sofort tot. Das Auto fuhr weiter und wurde nie gefunden. Wer war der Fahrer? Ein frech lachender Typ mit einer sich auf und ab bewegenden Unterlippe? Nach der Beerdigung gab deine Mutter dir den braunen, noch immer verschlossenen Umschlag. Da Toten keine Patente verliehen werden, mußtest du ihn ohnehin öffnen; weil du jedoch nicht einfach den kleinen Finger in den Umschlag stecken und ihn so aufreißen konntest, kauftest du einen silbernen Brieföffner und mietetest in Den Haag, im Hotel des Indes, ein Zimmer, wo du den Brief feierlich und gerührt öffnetest. Er enthielt einige Seiten mit technischen Zeichnungen und Beschreibungen einer *Vorrichtung für universelle Transmission:* die Umsetzung von einer Bewegung in die andere, die nun bei deinen Versicherungspolicen und deinem Testament im Banksafe liegen.

Wegsackend schluckst du Wasser, mit Mühe ziehst du dich hoch. Und in diesem Augenblick bietest du deine ganze Kraft auf, mit aller Kraft schlägst du gegen die Metallwand und fängst an zu schreien; aber obwohl der Pilot ganz in der Nähe sein muß, ist dir klar, daß er dich nicht hören kann. Du ziehst dich wieder hoch zum Spalt. Der Hang unter dir ist dicht bewachsen mit Olivenbäumen, über dem Kamm siehst du in einem tiefblauen Himmel die grauen Wolken eines herannahenden Gewitters. Ratlos stößt du dich ab; als ob du hoffst, irgendwo doch noch einen Ausgang zu finden, schwimmst du umher. Kurz darauf fangen die Motoren an zu heulen, du spürst, daß die Maschine steigt und eine scharfe Kurve macht. Du willst dich irgendwo festhalten im schwappenden Wasser, aber es ist zu spät: der Boden klappt weg und du hast verstanden.

FEUER

»Mutter!«

Der Wald brennt. Mit ausgestreckten Armen und Beinen und dem Gesicht nach unten hängst du in einer bizarren, sich verändernden Gestalt aus Wasser, die im einen Augenblick aussieht wie eine Tänzerin und im nächsten wie ein Tintenfisch. Du nimmst alles wahr, endlich befindest du dich auf dem Gipfel deiner Fähigkeiten. Durch das Wasser und den Rauch siehst du Feuer am Hang liegen, wie ein filigranes Netzwerk aus Goldfäden, das sich zusammenfügt zum Muster der Venen auf der Hand, die dir einen Becher Milch reicht. Deine Betäubung hat schlagartig einer großen Gemütsruhe Platz gemacht. Daß du gerade an der Stelle schwimmen gehen mußtest, wo das Flugzeug Wasser schöpfte, empfindest du nicht als einen absurden Zufall, sondern als die höhere Gewalt, die es ist. Du fällst, du bist frei. Du siehst Feuerwehrautos mit Wasserfontänen, die nichts ausrichten, Bauern und Touristen, die mit Zweigen auf die sich voranfressenden Ausläufer des Feuers schlagen, du hörst ihre Schreie. In dem Gebiet, wo du dich selbst hinbewegst, gibt es nichts mehr zu löschen: im ägyptischen Sturm sind die prasselnden Flammen an manchen Stellen meterhoch; der Geruch des Rauches erinnert dich an den Weihnachtsabend, wenn dein Vater einen Tannenzweig in die Kerzenflamme hielt, um das Wohnzimmer mit »heidnischem Weihrauch« zu schwängern, wie er das nannte. Du siehst fliehende Ziegen, die springen, als ob sie Stahlfedern in ihren Beinen hätten. Du fällst, aber du fällst langsam – nein, du fällst nicht, du hängst ruhig: es ist das Feuer, das immer langsamer auf dich zukommt, so daß du seine Hitze spürst, während das Flugzeug sich immer langsamer von dir entfernt. Du siehst, daß niemand sieht, daß du aus dem Flugzeug in die Flammen fällst, so kurz dauert es; erst Tage später wird an dem versengten Hang der verkohlte Körper eines Tauchers gefunden werden, ungläubig wird der Sachverhalt rekonstruiert, so daß du doch noch in die Weltpresse kommst. Aber kurz dauert es nur für denjenigen, dem es nicht passiert. Wenn im Wartezimmer beim Zahnarzt die Zeit schon langsamer verstreicht, dann steht sie beim Sterben natürlich still. Du befindest dich in einem Zustand der Ataxie. Dein Geist verrichtet nun in Sekunden die Arbeit, für die er sonst noch dreißig oder vierzig Jahre benötigt hätte – nicht aufgrund der Zahl der Gedanken oder Erinnerungen, sondern wegen der Intensität des Bewußtseins, daß du existierst – daß die Welt existiert. Du schaust in die Augen eines kleinen, ultramarinblauen Fisches, der mit dir fällt. Aus seiner Hilflosigkeit spricht das Leid der ganzen Welt, und du bittest ihn um Vergebung. Du bist nicht mehr dort, wo du bist, du bist nun in all dem anderen, und aus dem anderen heraus siehst du dich selbst. Du erkennst, daß du nun den brennenden Jeep siehst, aber nicht deine Kinder und ihre Mutter. Konnten sie sich noch retten? Du wirst es nie erfahren; aber du weißt, daß Regina ihre Zigarette wieder einmal nicht richtig ausgemacht hat. Auch das läßt die Welt kalt. Und nun siehst du, daß die brennenden Olivenbäume dich erreichen. Eine vom Feuer eingeschlossene Stelle von einigen Quadratmetern bewegt sich feierlich auf dich zu und drückt sich sanft an dich. Aber sie hört nicht auf, sich an dich zu drücken. Du spürst, wie deine Nase bricht, deine Zähne, deine Rippen, ein Aufschlag wie auf einen Riesenplaneten mit hundertfacher Anziehungskraft. Tödlich verwundet liegst du im lichterloh brennenden Ofen; aber trotzdem fühlst du noch, wie auch etwas anderes sich an dich drückt und Schutz bei dir sucht: die felsenharte Stirn eines versengten, sterbenden Bocks. Du legst deinen Arm um ihn – und dann siehst du, wie ihr beide von den Flammen umarmt werdet. Das Feuer, die Luft, das Wasser, die Erde, alles fällt nun zusammen in diesen Moment, der nicht mehr der Zeit gehört, sondern der Ewigkeit –

QUINTESSENZ

... denn du hast noch einen unendlichen Weg zu gehen, guter Freund, so daß ich noch eine unendliche Zahl von Seiten zu schreiben habe. Angesichts der Tatsache, daß das unmöglich ist und du jetzt trotzdem stirbst, werde ich dir für diesen Augenblick – nach alledem, was ich dir angetan habe – die Unendlichkeit in endlicher Form schenken. Das bin ich dir schuldig. Ich biete dir deshalb meinen intimsten Besitz an – eine Verzückung, über die ich, so viel ich auch gesprochen habe, nie gesprochen habe, und die mir einige Male im Leben widerfahren ist. Etwas Blitzendes. Es geschieht in einem Augenblick, der so kurz ist, daß er nicht mehr unterteilt werden kann, so daß ich eigentlich sofort vergessen habe, daß es überhaupt geschehen ist. Es hat etwas mit Licht zu tun und ähnelt tatsächlich ein wenig dem Blitz, aber einem unsichtbaren Blitz, der bei vollem Sonnenschein durch einen wolkenlosen Himmel fährt, und den man schreiben könnte wie

~~LICHT~~

denn es ist mehr als Licht: für dich nun das Letzte und Bleibende. Um es dir an dieser Stelle schenken zu können, habe ich dir dies alles angetan.

Oder kennst du diese Verzückung auch? Starrst du nun auf dieses Zeichen und denkst: – Er wird doch nicht *das* meinen, *das*, was keiner weiß? *Das*, was mein einzigartiger, unverfälschbarer, allergeheimster Besitz ist, den ich selbst eigentlich nicht einmal kenne, kaum weiß, daß ich ihn besitze?
 Ja, das ist genau das, was ich meine: *das*.

Angenommen nun, daß dies alles so ist. Dann schließe nun dieses kleine Buch, Phoenix: steig aus deiner Asche!

August 1987 – Februar 1988

INHALT

Erde
7

Wasser
85

Luft
119

Feuer
133

Quintessenz
139

HANSER

*M*it dem Grafen von Mörkhöj, der den Mittelpunkt der Welt exakt auf den Rand seines Schloßmisthaufens berechnet hat und glaubt, die Zeit anhalten zu können, beginnt Peter Høegs großer Roman, in dem wir an der Schwelle zum 21. Jahrhundert noch einmal das 20. besichtigen können. Erfindungen, Revolutionen,

Schauplatz: *Der Mittelpunkt der Welt*

Kriege, Liebesgeschichten, Hoffnungen. Gaukler, ehrbare Verbrecher, alte Damen, kleine Prinzen, Spekulatiusfabrikanten, Sünder, Ein- und Ausbrecherkönige und eine Prominentenhure. Peter Høeg bringt ein schwindelerregendes Aufgebot von Geschichtenzauber und Zaubergeschichten auf die Bühne seines Romans, und in jeder von ihnen scheint das Konzentrat des ganzen Jahrhunderts eingelagert zu sein.

Aus dem Dänischen von Monika Wesemann. 400 Seiten. Leinen, Fadenheftung.

Foto: Gregers Nielsen